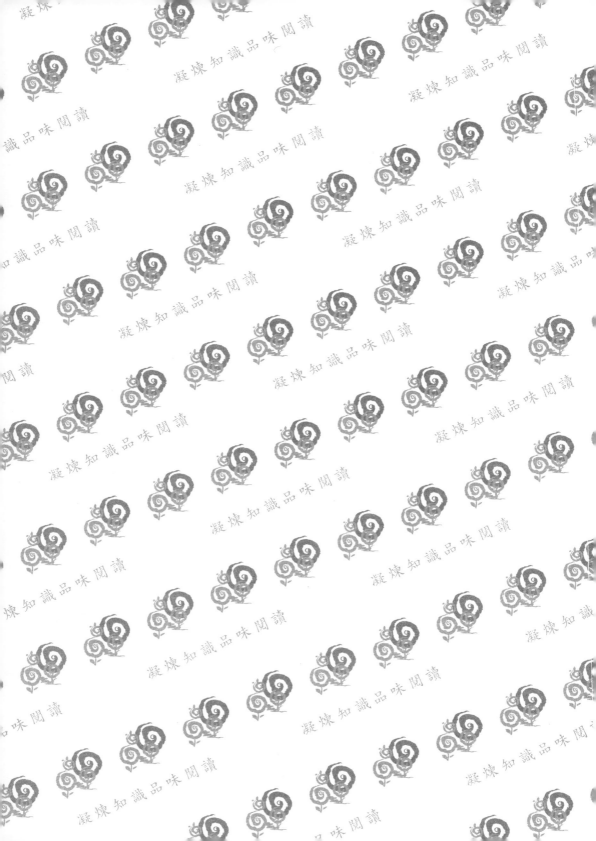

學位論文撰寫方法論

林進材　著

五南圖書出版公司 印行

序

過來人的經驗

　　從事學術研究撰寫學位論文，是一件辛苦且系統的過程，需要有堅實的理論、正確的研究方法，才能有效地蒐集資料，進行統計分析解釋，進而針對自己關心的教育議題，提出具體可行的結論與建議。在撰寫學位論文的每一個階段中，都需要運用正確的方法，才能完成學術研究並且寫出論文，取得高級學位。

　　在研究所學習階段中，除了對於艱深理論的學習之外，還需要從研究課程中，學習模擬各種的研究方法，並且正確有效地運用在自己關心的議題之上，蒐集各種教育議題的現況，進行學理與實務方面的論證分析，以利在期限之內寫好學位論文，進而提出論文口試，完成研究所階段的學習。

　　研究所的課程內容與設計，一般無法提供充分的學習理論，以引導研究生隨時關注自己的學位論文，只能讓研究生在黑暗中自行摸索，透過自主學習的方式，揣摩適合自己的研究方法論。因此，多數的研究生在學習階段，只能憑藉著瞎子摸象、望文生義的方式，在研究過程中胡謅亂掰完成自己的學術論文。

　　本書出版的重點，在於依據我多年的研究生生涯，以及多年在研究所開設論文研究方法論、教育研究法、論文撰寫與評論等課程的經驗心得，以最詳細簡單的方式說明論文撰寫的方法論，並且在專書中提供指導研究生所寫的學位論文為例，透過理論的分析、案例的說明、經驗的敘述，希望可以讓正苦於不知如何著手下筆的研究生，以按圖索驥的方式，撰寫自己的學術研究與學位論文，避免因為對方法論的不熟，導致學位論文的完成遙遙無期。

本書的出版，感謝我的研究生李世賢博士校長提供的插圖設計與論文案例，增加本書的可讀性與可看性；許游雅老師在專書內文的概念圖設計，提高本書的精緻性與專業性。感謝五南圖書出版公司多年來對專書出版的支持與信任，以及黃副總編文瓊的辛勞，讓個人想法和心得，可以透過專書的出版和讀者相互交流、相互學習。本書的內文和案例說明，如有疏漏或未盡完整之處，尚請讀者多加指正是幸。

林進材 謹識

2024/1/31

目錄

第一章

方法論的議題

5 如何避免論文抄襲

6 如何維持論文的品質

7 怎樣避開方法論的地雷

8 過來人的叮嚀與建議

第一章
方法論的議題

1 什麼是方法論

2 論文撰寫的注意事項

3 論文撰寫的 APA 格式

4 論文撰寫應遵守的要領

　　本章的內容在討論研究方法論的議題，內容包括什麼是方法論、論文撰寫方法論、論文撰寫要注意哪些事項、APA 格式規範、論文撰寫的要領、引用和抄襲的問題、論文品質問題、如何避開論文方法論的地雷等。透過本章的閱讀，可以幫助你了解方法論的有關議題，提高論文撰寫的能力，並且避免不必要的論文撰寫爭論等。

 # 什麼是方法論

(一) 方法論的意義

　　方法論（methodology）的意義，主要是由「方法」與「論」組成的中文名詞，一般指的是「論方法」，討論有關方法本身的性質、意義和應用等方面之議題。在學術研究方面，指的是研究與探討或解決問題時，所使用的方法、步驟、原則、流程等形式的方法體系。

　　在處理事情方面，指的是面對問題或解決問題時，所使用的觀點、工具、系統、流程、方法、策略等，作爲提升效率、解決問題或創造效率的方法體系；在教育研究方面，指的是研究者在針對教育問題，進行研究時所採用的一套有組織的方法或策略，以確保研究結果的有效性、可靠性與合理性，甚至能解決問題的方法策略。

　　有關方法論的論述，例如：賈馥茗、楊深坑（1993）指出教育研究之科學性質問題，需要以方法論作爲更深層次的探討，才能適切的解決問題，問題的深度探討往往涉及不同哲學立場對於科學以及教育本身的不同進行論辯，這就是方法論所需之處。

（二）研究方法論的構成要素

一般來說，教育研究方法論的構成要素，依據不同的研究形式（或研究需求），而有不同的構成要素。有關方法論的構成要素，詳加說明如後：

1. 動機與重要性

研究動機與重要性（research motivation and importance）主要是說明這個研究的主要動機有哪些，透過動機的說明，同時延伸研究問題意識，以及研究的重要性有哪些。研究動機與重要性的說明主要是來自於研究主題本身所代表的意義，以及研究主題延伸的各種現象。

2. 研究目的

研究目的（research purposes）主要是研究者希望研究要達成的結果。在研究目的方面，通常包括研究問題的陳述、目標和研究的範圍。研究目的寫法，通常採用「肯定句」的方式陳述，用來表達研究者想要達成的學術研究目標。

3. 研究問題

研究問題（research problem）是研究者想要回答的問題，這些問題和研究目的關係相當密切，有助於掌握研究的焦點。一般來說，研究問題的提出都是以疑問句的方式陳述。例如：研究目的為「探討臺南市國小教師教學效能之現況」，研究問題則將研究目的之肯定句調整為疑問句，以「臺南市國小教師教學效能之現況為何」的方式呈現出來。

4. 文獻回顧

文獻回顧（literature review）或文獻探討、文獻梳理，主要是針對研究問題相對應的理論與研究的回顧，了解這個研究主題先前的研究結果、方法和理論、現況與發展趨勢，以確保研究是奠基在先前的研究基礎之上，或者確保研究是基於現有的知識體系，並不是研究者胡思亂想而來。

5. 研究設計與實施

研究設計與實施（research design and implementation）主要是描述研究的整體計畫是如何擬定的？如何實施的？內容包括研究方法的選擇、研究對象的選擇、研究架構、研究流程圖、研究資料的蒐集和分析等步驟。

6. 數據蒐集方法

數據蒐集方法（data collection methods）主要在於說明研究者在研究過程中，如何蒐集和研究問題有關的資料（或數據）。在數據的蒐集方法方面包括問卷調查、實驗研究、訪談法、觀察法等各種研究有關的方法。

7. 數據分析方法

數據分析方法（data analysis methods）的運用，在於描述研究過程中運用的統計方法與統計分析方法，進而處理和解釋研究過程中所蒐集的數據。

8. 研究範圍確認

研究範疇（scope of study）指的是研究方法論應該要具體說明研究的範圍（或範疇），在這個方面應該包括時間範圍、地理地區範圍、樣本數量與特徵等，和研究目的與問題有關的屬性。

9. 研究信實度分析

　　研究信實度分析（reliability of research）指的是研究可行性的評估，以及研究的信效度問題，包括各種研究資源、時間、樣本和技術方面的可行性。

10. 研究倫理

　　研究倫理（research ethics）指的是在研究過程中，任何可能涉及的倫理問題，以及需要保護研究對象與參與者權益的相關議題和權益方面的措施。

　　上述的各種要素，是研究方法論中構成的基本要素，這些要素的構成可以依據具體的研究性質而有所調整。這些要素同時也是探討研究方法論時需要關注的要素，是每一位研究者必須遵守或明確掌握的關鍵因素。

圖 1-1
研究方法論的構成要素

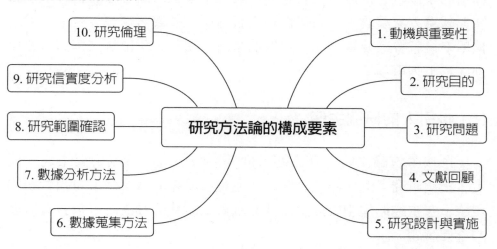

(三) 怎樣運用研究方法論

　　教育研究的方法論，指的是研究或解決問題的系統化步驟與方法。在方法論的運用方面，包括：(1) 確定研究問題與目標；(2) 文獻梳理與回顧；(3) 研究方法的選擇；(4) 研究方案的規劃與設計；(5) 資料與數據的蒐集；(6) 資料與數據的統計分析與解釋；(7) 論文撰寫與報告；(8) 論文審查與修正。上述的步驟，由研究者依據實際的需要與關心的問題，作為取捨的標準與參考。

 論文撰寫的注意事項

　　學位論文的撰寫是學術學習生涯中很重要的學術成果，在撰寫學位論文時，每一個階段都需要特別注意，遵守學位論文的各種守則，以確保學位論文的品質與學術價值。尤其，當完成學位論文，取得更高階的學位時，依據規定要將學位論文全文上傳到國家圖書館，以公開形式讓大家瀏覽。如果學位論文有造假、抄襲、剽竊等現象，遭到檢舉之後就會被要求下架，並取消學位。因此，學位論文撰寫需要特別注意下列事項：

(一) 吸引人的研究主題

　　撰寫學位論文時，在主題方面要能吸引人，透過研究主題的擬定，指出研究者的興趣與企圖心，避免不必要的吵冷飯或重複議題的現象。在主題的規劃設計上，要能趕得上時代的潮流，聚焦教育方面的重要議題。

(二) 清晰明確的研究目的與問題

在決定主題之後，接下來就是依據論文主題，擬定一個清晰明確的研究目的與問題。研究目的與研究問題的提出，有助於讓學位論文的架構更具有邏輯性。

(三) 兼顧理論與研究的文獻探討

在學位論文撰寫中，文獻探討具有舉足輕重的地位，從文獻探討的閱讀中，可以了解研究者對於研究主題與研究問題的掌握程度。從相關領域的文獻進行深入的回顧梳理，能夠支持研究者的論點，以及對該領域全面的理解程度。

(四) 採取適當合理的研究方法

在文獻梳理之後，可以全面了解研究主題在過去的發展趨勢、研究重點等。研究者可以依據文獻探討結果，選擇和研究問題比較適當的研究方法，以確保採用的研究方法能夠提供有效的證據，並且作為研究結果分析與討論，以支持研究結果。

(五) 規劃系統性的方法論

在學位論文研究中，研究方法論的運用，需要具有系統性的方法，才能確定研究設計、研究樣本選擇、數據與資訊的蒐集和歸納分析。透過系統性的方法論運用，才能確保研究可以如期完成，針對研究關注的問題提出處方性的策略。

(六) 清晰可行的研究架構

在學位論文撰寫過程中，依據研究主題、研究目的與問題提出清晰可行的研究架構，可以確保論文結構清晰、具有嚴謹的邏輯性，使用明確的標題和子標題，才能確保每一章節的內容都可以有條理的呈現出來。

(七) 適當的引用和參考文獻

在學位論文研究撰寫中，研究者自己無法創出新的理論或論述，需要從該主題過去的研究中，綜合歸納出新的構思。引用相關研究文獻是確保學位論文誠信和品質的關鍵要素，確定所有引用都正確地標註，符合學位論文 APA 格式規範要求。

(八) 字裡行間正確的寫法

學位論文的呈現，在字裡行間要有正確的語法，才能符合學位論文的要求格式。在論文用字遣詞方面，要能言而有據、引經據典，透過反覆的校對閱讀，才能確保論文本身的表達清晰，讓讀者可以一目了然，不必查閱相關的典籍。

(九) 合理有效且可行的結論

學位論文的結論與建議之間的關係相當密切，透過研究結論的整理，才能依據結論提出具有處方性的建議。研究結論的提出，是基於研究者的文獻回顧和相關研究提出合理有效的結論，避免在結論中嵌入新的論述，或者研究過程中無關的訊息。

(十) 遵守學術論文格式要求

在學位論文的撰寫時，一定要嚴格遵守特定的格式和排版的要求，其中包括字體的樣式大小、行距邊距等，以確保學位論文符合學術要求的格式標準。

(十一) 研究的倫理與合法性

任何的學術研究都需要遵守研究倫理與合法性，才不至於降低論文的品質。研究者應該要遵循研究倫理標準，尊重研究參與者的權益，並且要絕對確保研究在法律上是合法的，避免說謊、杜撰、捏造、剽竊等不當的行為出現在研究過程與研究結果中。

(十二) 提前部署與時間管理

學位論文的研究與撰寫需要研究者提前部署，提前計畫論文的撰寫，透過合理的時間分配運用，提早完成學位論文的撰寫。一般而言，缺乏提前部署與時間管理的概念，容易在提出論文的最後階段便宜行事或過度匆忙，導致抄襲或引用不當的情事出現。

(十三) 回饋與修正的流程

論文撰寫最後階段，就是提交論文草案，讓口試委員（或審查委員）進行閱讀修正，透過回饋與修正的流程，提出論文的各種問題與潛在問題，研究者依據回饋的意見進行論文修訂，以提高論文的品質。

學位論文的研究與撰寫是一個系統與效率的過程，研究者需要謹慎細心，從問題的設定到結論，每一個步驟都需要運用正確的方法論，每一個環節都需要嚴謹以待，尋求專家的回饋及時修正錯誤，以利完成高品質的學位論文。

圖 1-2

論文撰寫的注意事項

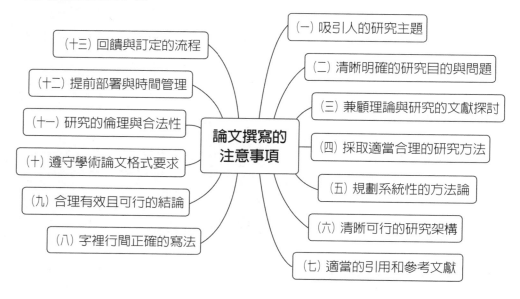

論文撰寫的注意事項

- (十三) 回饋與訂定的流程
- (十二) 提前部署與時間管理
- (十一) 研究的倫理與合法性
- (十) 遵守學術論文格式要求
- (九) 合理有效且可行的結論
- (八) 字裡行間正確的寫法
- (一) 吸引人的研究主題
- (二) 清晰明確的研究目的與問題
- (三) 兼顧理論與研究的文獻探討
- (四) 採取適當合理的研究方法
- (五) 規劃系統性的方法論
- (六) 清晰可行的研究架構
- (七) 適當的引用和參考文獻

三　論文撰寫的 APA 格式

論文撰寫與評論過程中，最常聽到論文的 APA 格式有問題，請參考 APA 格式第七版等等。究竟 APA 代表什麼？什麼是 APA 格式規範？下文提供 APA 格式和規範的說明：

(一) APA格式的意義

論文撰寫的 APA 格式是全美心理學會組織（American Psychological Association）為了讓學術中人撰寫論文有一個統一的格式，或者讓學術論文可以有一致的規範，所提出來的論文撰寫格式。透過 APA 格式的呈現，讓學術中人可以理解論文撰寫者的論文哪些

是直接引用、哪些是間接引用、哪些是修改引用等。

(二) APA格式的特性

學術（或學位）論文撰寫的 APA 格式規範，主要是讓學術中人可以從引用的格式中，了解論文撰寫過程中有關引用與參考的格式規範。

1. APA 格式與學問無關

APA 格式規範與學問好壞高低沒有直接的關係，但格式規範的遵守，卻是影響學位論文的品質好壞。APA 格式的呈現，主要讓學術人員了解論文引註的過程，以及哪些部分是研究者引用的文獻、哪些部分是屬於研究者綜合歸納、哪些部分是研究者原創的觀點等。

2. 從論文 APA 格式了解參考文獻

學位論文的撰寫需要依據 APA 格式規範，主要是讓讀者可以從論文格式中了解參考資料的來源，以及論文作者的主要貢獻，更重要的是讀者到圖書館中，如何找到參考的這一筆資料。

例如：林進材（2023）。**大學課堂教學設計與實踐**。臺北：五南。

這是一本專書，標記在「大學課堂教學設計與實踐」上面。因此，上圖書館查閱這一筆資料時，需要將「大學課堂教學設計與實踐」書名填在關鍵字上面，才能查到這一筆資料。

例如：林進材（2024）。生命教育實施的回顧與前瞻：理論、研究與啟示。**臺灣教育月刊，745(2)**，1-12。

這是一個期刊論文的文章，標記在「臺灣教育月刊，745」上面。因此，到圖書館想要查閱這一筆資料時，需要將「臺灣教育月刊，745」填在關鍵字上面，才能查到這一筆資料。

例如：林進材（2024）。教育評論的回顧與展望。載於張芬芬、

許藤繼（主編）。**教育評論的理念與實踐**。臺北：五南。

　　這是一篇載於專書中的文章，標記在「教育評論的理念與實踐」上面。因此，到圖書館查閱這一筆資料時，需要將「教育評論的理念與實踐」書名，填在專書關鍵字上面，才能查到這一筆資料。

(三) APA格式的元素有哪些

　　依據學術論文的標準格式和要求，APA 格式的要求簡要說明如下：

1. 論文標題頁（title page）的呈現：學術論文的標題，一般會放在頁面的中央位置，採用黑體字呈現。

2. 論文作者（author）：學術論文作者方面，一般會放在頁面的中央位置，以粗體字方式呈現。

3. 服務單位（institutional affiliation）：學術論文撰寫的作者所服務的學校或機構，應該要放在姓名的下方。

4. 論文摘要（abstract）：學術論文摘要的撰寫部分，應該用過去完成式的方式撰寫之，而且摘要需要包括研究問題、研究對象、研究方法、研究結論等。

5. 論文主題（body）：學術論文的主題，需要包括引言（introduction）、文獻回顧（literature review）、研究方法（method）、研究結果（results）、討論（discussion）、結論（conclusion）與建議（suggestion）等部分。

6. 論文引用格式：學術論文在正文中如果引用其他的文獻，研究者需要提供作者的相關資料和出版年份。

7. 參考文獻：論文在參考文獻方面，包括所有在論文中引用的文獻，需要按照作者的姓氏筆畫順序和年代排列。

　　有關論文 APA 格式第七版的內文，請參考附錄（引自 http://joemls.dils.tku.edu.tw/wp-content/uploads/2020/08/APA-7th-ed-0710.

pdf）。

（四）寫論文怎麼運用 APA格式

　　論文撰寫的 APA 格式規範決定論文內容的品質高低，在撰寫學術論文時，要習慣遵守 APA 格式規範，且要積極融入正式論文字裡行間，才不至於因為 APA 格式問題，而降低論文的品質。

1. 養成隨手註記的習慣

　　由於學術論文 APA 格式的遵守，對於學術論文的品質具有相當關鍵的因素。因此，研究者在進行學術論文研究撰寫時，需要熟悉 APA 格式的內容和規範，以利在撰寫論文時依據格式規範寫論文。此外，在撰寫學術論文時，需要養成隨手註記的習慣，當引用相關的研究文獻時，就需要隨手將參考文獻註記起來，避免論文完成之後才整理參考文獻，如此容易導致引用不當或論文抄襲的情況發生。

2. 蒐集重要的期刊論文

　　在撰寫學術論文時，需要依據論文性質，或是論文未來的發表品質，引用各式各樣的期刊論文。一般而言，碩士學位論文儘量少引用網路消息、報章雜誌、未具審查的論述等；博士論文儘量不要引用碩士論文、博士同階段的論文、未具審查的期刊論文等；如果是升教授（或副教授）論文，儘量引用國內外重要期刊論文，例如：TSSCI、SCI、SSCI、EI 等級的期刊論文。

3. 儘量採用高階的論文

　　撰寫學術論文時，首先應該針對擬定的研究主題，蒐集國內外重要的研究報告、高階的期刊論文、具嚴謹審查制度的論文；然後，將這些研究報告、期刊論文加以分析歸納，形成自己的研究假設，並且

將這些文獻作爲後續引證、論述、論辯的基礎。

4. 嚴格遵守 APA 格式規範

　　撰寫學術論文時，一開始就要熟悉 APA 格式規範，將這些規範融入論文撰寫中，避免不必要的困擾。如果寫論文一開始沒有遵守 APA 格式規範，後續審查之後的修正就會花更多的時間，一來資料容易流失，再則從論文比對系統中，會被判定爲「過度引用或抄襲」。因此，與其事後花更多的時間修正，不如一開始就採用 APA 格式規範撰寫論文。

圖 1-3
寫論文怎麼運用 APA 格式

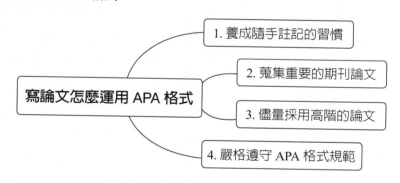

四　論文撰寫應遵守的要領

　　學位論文的撰寫，除了需要運用正確的方法論，也應該遵守嚴謹的規範，才能產出一篇具有高品質與特色的學位論文。在論文撰寫時需要遵守的規範，依據不同學門、不同學科，而有不同的具體要求：

(一) 研究題目的選擇

在學位論文題目的選擇方面，應該針對自己的特性，選擇一個明確而具有挑戰性的題目。確保自己的學位論文研究題目具有學術研究價值，同時也符合目前工作環境的特性和需求。此外，要選擇自己行有餘力可完成的論文題目，才不至於未來在研究中功虧一簣。

(二) 研究結構的規範

撰寫論文時應該要有清晰的結構，這些結構包括論文封面、論文摘要、目錄、緒論、文獻探討、研究設計與實施、研究結果分析與討論、結論與建議、參考文獻、附錄等部分。

(三) 論文的緒論部分

論文的緒論部分，一般包括研究動機與重要性、研究目的與問題、名詞釋義、研究範圍與限制、研究方法論等，研究者要明確地說明上述的概念，並且針對論文的緒論部分，指出研究主題的重要性和問題意識，以突顯出研究的意義。

(四) 文獻探討部分

文獻探討（或文獻回顧）主要用意在針對研究主題有關的理論、研究方法等，系統性地檢閱國內外目前的發展與趨勢，在文獻探討部分應該要指出研究在文獻中的位置和貢獻，以及論文研究和文獻之間的關聯性。

(五) 研究設計與實施

在研究設計與實施方面，要詳細說明學位論文的研究方法、研究設計、研究實施步驟、研究架構、資料蒐集的方法、資料蒐集統計與分析、研究信實度、研究倫理等方面之訊息，讓審查者或讀者可以完整地掌握論文全貌。

(六) 研究結果分析與討論

在研究結果分析與討論方面，研究結果的分析指的是「問題現況」，研究結果的討論指的是「現況本身的意義」。在這一方面，研究者應該將研究結果清晰地呈現，引用研究文獻進行詳細的討論，解釋結果本身的意義，並且與文獻相關研究進行比較，以突顯出本研究成果的意義。

(七) 結論與建議

結論與建議方面的論述，主要是依據研究目的與問題而來，透過資料蒐集方法得到的訊息，說明本研究的重點和發展，並提出可能的需要捍衛的研究方向。其次，結論的提出應該要回應研究問題，建議也應該要針對研究結論提出合理且具體有效的建議。

(八) 引用格式與標準

學位論文的撰寫需要依據論文格式與規範，採用適當的引用標記，確保論文符合學術引用標準，避免因為引用不當而導致「過度引用」或「淪為抄襲」的現象。

（九）寫作風格與用字遣詞

學位論文的撰寫需要使用正式的學術語言，避免不必要的口語化，立論方面需要言而有據、引經據典，以確保論文引用正確、清晰，以提高學位論文的品質。

（十）論文的校對與格式

學位論文完成之後，需要進行定期的校對，修正論文的內涵、格式、錯別字、標點符號、語法等方面的正確性；此外，也應該要依據就讀學校（或期刊）規範的格式要求而撰寫論文。

（十一）嚴格的學術誠信原則

從事學術研究要遵守誠信原則，避免抄襲或違反學術誠信的行為，包括引用需要註記、引用需要正確清晰、研究參與者需要清楚說明、避免說謊行為，以及引用的資料（或數據）不可以有造假、欺瞞行為等。

（十二）提前完成以利交件

每一所學校對於學生的學位論文（學術論文）都訂有相關的準則，希望就讀的研究生遵守。因此，學位論文的撰寫要遵守學校的規範，交件也應該在指定的日期前完成，以確保有足夠的時間讓承辦人作業，研究者也有足夠的時間進行校對和修正的工作。

學位論文的撰寫是一種系統性的過程，也是一種專業的過程，需要在指導教授的指導之下，進行嚴謹的研究以撰寫學位論文，在撰寫過程中也應該要遵守論文格式規範等，才能完成高品質的學位論文。上述的幾個原則，僅針對學位論文的撰寫提出幾個專業方面的遵守規

範，至於論文的撰寫還需要研究者秉持著嚴謹、專業、系統的態度，進行學術研究並完成論文。

圖 1-4
論文撰寫應遵守的要領

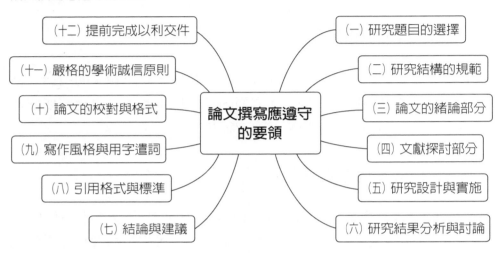

五　如何避免論文抄襲

　　學位論文抄襲是一件相當嚴重的事，形同自己的人格誠信破產，未來很難在學術界立足。很多時候，不當引用和抄襲只是一線之隔。如果研究者不熟悉論文引用的格式規範，或者在撰寫論文時「便宜行事」，就很容易被判定論文抄襲。目前國內各大學研究所，在研究生完成學位論文口試前，都要求研究生要將論文全文進行「學術論文比對」，以了解學位論文和國內外論文的相似度有多少，是否有過度引用或抄襲的現象。因此，避免學位論文抄襲的現象，以確保自己的論文是原創以符合學術誠信，是研究者需要嚴格遵守的原則。

(一) 詳細標記引用來源

當研究者在撰寫論文時，文內有引用他人的觀點、文字或研究時，應該要立即適當地標記引用，使用符合學術研究的引用格式，例如：APA 格式規範等，並且在參考文獻中列出所有引用的資料或報告（此方面請參考本書附錄：APA 格式第七版的規範內文）。

(二) 了解引用規範並嚴格遵守

從事學術研究時，應該要了解論文引用規範，並且嚴格遵守就讀領域或學院系所的引文和參考文獻規範。不同的領域和學院在引文標準方面都有明文規範（如臺南大學教務處有針對研究生論文撰寫的格式規範與要點），研究生需要明確了解這些規範，並且嚴格遵守以避免論文抄襲的現象發生。

(三) 使用正確的引言和引述

在撰寫論文過程中，需要引用他人的觀點立論時，需要詳細加以標記，以利清楚區分研究者觀點或他人的立論，避免研究者和他人的論述混淆不清。研究者只要正確使用引言和引述，透過論文格式規範，就可以避免上述的現象。

(四) 原創性工具的使用與合理性

論文完成之後，可以在就讀的系所中，使用原創性檢測工具（如 Turnitin 檢測工具）檢視自己的學位論文，以確保是否有引用不當或抄襲的現象。如果有的話，就應該要立即修正或調整，才能避免論文抄襲的現象。

(五) 謹慎處理研究的合作關係

在從事學術研究時，和其他成員進行團隊合作，需要在合作前先取得其他成員的共識與首肯，確保每一位成員的學術貢獻都得到適當的認可，並且在論文中明確提出每個人員的具體貢獻，以防止成員在撰寫論文時，出現意外的抄襲或學術不端的行為。

(六) 引用論點的標記記錄

在撰寫論文時，每一個過程中都需要記錄引用資訊，隨時隨手進行標記工作。這些標記包括作者、出版日期、頁碼等方面的學術訊息，以利在文末引用和建立參考文獻時，可以順利地標記出來。如果有引用資料查不到的話，寧可不引用也不要抄襲。

(七) 圖與表的引用標記

在論文撰寫過程中，引用的圖表、表格、圖片、照片或其他非文字形式的資料時，要確定這些引用資料的來源，並且遵守相對應的版權法規。如果是引用個人照片的話，建議採用模糊處理（或馬賽克）方式，避免日後不必要的糾紛。

(八) 謹慎使用自己先前的論文

論文撰寫時引用自己的論文，若沒有加註的話也算是抄襲。在論文中引用自己先前的作品需要合理引用並加註，且按照學術引用標準處理。否則，雖然是引用自己的作品（或論文），仍然屬於論文抄襲。

誠實和誠信是學術研究與論文寫作的基石，研究者在論文撰寫時避免抄襲，需要一個謹慎與嚴謹的寫作過程，以確保尊重他人的知識

創作並遵守學術規範。寧可不要提出學位論文，也不能讓自己的學術
人生蒙羞。

圖 1-5
如何避免論文抄襲

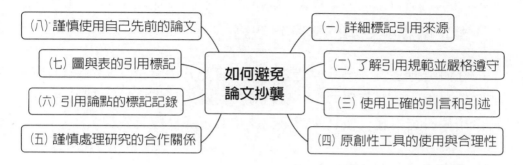

(八) 謹慎使用自己先前的論文　　(一) 詳細標記引用來源

(七) 圖與表的引用標記　　**如何避免論文抄襲**　　(二) 了解引用規範並嚴格遵守

(六) 引用論點的標記記錄　　(三) 使用正確的引言和引述

(五) 謹慎處理研究的合作關係　　(四) 原創性工具的使用與合理性

六　如何維持論文的品質

　　研究者如果想要維持學位論文的品質，就需要一個有系統、有組織且深入的論文研究與論文寫作過程。想要維持學位論文的品質，以下有幾個建議提供參考：

(一) 清晰且創新的研究目的與問題

　　學位論文撰寫之前，要先蒐集和研究興趣有關的高品質論文，進行廣泛閱讀與歸納，形成自己清晰且創新的研究主題，進而延伸自己的研究目的與研究問題，有助於確定未來自己的論文範疇與方向。

(二) 完整與合適的文獻探討

論文主題和方法確定之後，需要進行深入且全面的文獻瀏覽，以確保自己的研究主題和領域，在現有的知識與充分了解基礎之上，讓自己的研究更具有意義和原創性。

(三) 擬定嚴謹與妥適的研究方法論

在研究方法方面，需要清楚地說明研究方法與設計，內容包括研究實施步驟、資料蒐集方法、資料蒐集與歸納分析，以確保研究設計符合學術研究規範，並且保證研究結果的可靠性與有效性。

(四) 清楚的研究結構與邏輯

想要提高學位論文研究的品質，就要提出清晰的研究結構與邏輯，每一段論文的呈現都應該要有令人激賞的主題，並且與整體論文的目標相關聯，使用清晰的標題和文字段落，進而幫助讀者理解研究者的企圖與論點。

(五) 正確的引用和參考文獻

研究完成時，論文的撰寫需要正確引用國內外的研究文獻以作為論文論述的基礎，確保參考文獻格式符合學術要求規範，同時可以避免抄襲，增加論文的學術聲望。

(六) 使用學術專業語言

論文撰寫和一般的文章撰寫有所不同，論文撰寫需要使用清晰、準確且正規的語言文字，確保研究者想要表達的方式清楚，並使

用大家認可的學術專業語言。

(七) 多次修正與校對

　　學位論文完成之後，需要透過專家審查，並且進行多次修訂和校對，才能提高論文品質。因此，研究者需要給自己更多的空間，以便可以在不同時間點進行多次的論文校對，從另一個新的角度視野檢視和修正自己的論文內容。

(八) 尊重專業的意見與回饋

　　學位論文完成之後，需要提出來讓專家審查，以提出專業方面的修正意見。透過專業的審查意見與回饋，可以讓自己反思論文的優缺點，以及需要修正調整的地方。透過專業審查過程，可以了解自己論文的盲點，以及未曾考慮的層面，研究者需要以此作為修正論文的參考。

(九) 適時運用圖表和表格

　　適時運用圖表和表格，能強化學位論文的重點。合理使用圖表和表格能使資料視覺化，幫助讀者理解研究者的研究結果，強化學位論文閱讀的效果。

(十) 謹慎運用例子和案例

　　學位論文的撰寫，需要有文字、有圖表、有表格、有流程、有模式，更需要運用各種實際的案例來支持研究者的論述，確保論文的內容是合理的、有代表性的、有創意的，透過上述這些支持研究者的學術主張。

圖 1-6
如何維持論文的品質

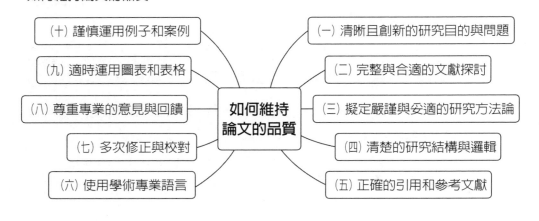

（十）謹慎運用例子和案例

（九）適時運用圖表和表格

（八）尊重專業的意見與回饋

（七）多次修正與校對

（六）使用學術專業語言

如何維持
論文的品質

（一）清晰且創新的研究目的與問題

（二）完整與合適的文獻探討

（三）擬定嚴謹與妥適的研究方法論

（四）清楚的研究結構與邏輯

（五）正確的引用和參考文獻

七　怎樣避開方法論的地雷

　　從事研究工作撰寫學位論文，需要了解學術研究生態，掌握各學術領域與學門的各種規則和潛規則，以系統有效的方式避開學術研究方法論的地雷，才不會在未來的學術研究生涯中，遇到各種有形與無形的阻礙而影響生涯發展。

（一）充分了解研究方法論

　　在學術研究撰寫論文之前，需要利用時間充分了解方法論的性質、運用、優缺點和限制，才能有效地運用各種方法論。方法論的內容包括量化研究、質性研究、問卷調查、實驗研究、行動研究、經驗敘說等，針對自己的研究主題，選擇適當的方法論。

（二）詳細閱讀相關的文獻

在確定選擇的方法論之後，還要了解自己就讀的領域應用和限制，透過研究主題的擬定，閱讀相關研究文獻，了解自己選用的方法論之優勢與缺點，以及國內外目前採用方法論在研究中使用的經驗。

（三）定期與指導教授聯繫

論文研究與撰寫過程中，指導教授的角色具有決定性的關鍵，因此，定期和指導教授討論自己的論文構想，以及對未來研究的規劃，有助於確保自己的研究主題符合該學科領域的標準。透過指導教授的專業素養，可以隨時修正自己的學術研究。

（四）避免不切實際的設計

學位論文的研究與撰寫要選擇適當的研究設計，才能在未來的研究中選擇適合的研究方法論，並且如期地完成研究並提出學術研究論文。因此，要避免選擇過於複雜、不切實際的研究設計，或者選用超過自己能力所及的研究設計，這樣只會增加論文研究實施的難度，降低研究的可靠性，延長論文完成的時程。

（五）研究倫理的考慮與遵守

進行學位論文研究，需要顧及研究方法在倫理標準方面是否合乎規定，如果研究設計人體實驗或可能影響參與者的健康，就需要提出研究倫理方面的審查（如國立成功大學人類研究倫理治理架構：https://rec.chass.ncku.edu.tw/），獲得必要的倫理審查批准，並且保證參與者的權益受到保護。

(六) 適時調整研究方法論

學術研究過程中，當自己的研究遇到問題或發現需要調整方法時，必須和指導教授討論是否修改研究方法論，以免耽擱研究的時程或導致錯誤不當的結論。

(七) 分析比較不同方法

學術研究過程中，不要侷限於單一的研究方法。在擬定研究主題之後選擇方法論時，需要分析比較不同方法的特性、優缺點等，作為選擇研究方法論的參考，並且在論文中說明選擇這一種方法的主要原因是什麼。

(八) 研究可重複性的保證

在從事學術研究撰寫研究成果之後，需要確保自己的研究方法方面的說明詳細，將相關的資料和訊息在論文中呈現，讓後續有人對自己的研究有興趣時，可以依據論文中的描述重複你的研究。因此，論文研究的可靠性和可重複性，對於論文品質的保證是相當重要的關鍵。

論文研究與撰寫過程沒有所謂的地雷，只有自己選擇方法論時的禁忌，或者需要遵守的規則。學術研究沒有捷徑，只有應該遵守的嚴謹規則與規範，只要在從事學術研究時遵守上述的規範，腳踏實地的進行學術研究，將研究過程的所得、所思、所聞、所見，原原本本的呈現出來，就不會有違反學術研究倫理的情事出現。

圖 1-7
怎樣避開方法論的地雷

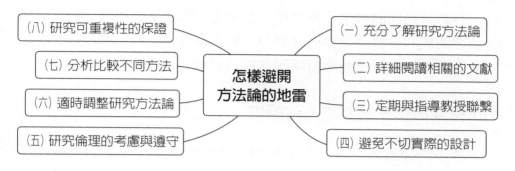

(八) 研究可重複性的保證	(一) 充分了解研究方法論
(七) 分析比較不同方法	(二) 詳細閱讀相關的文獻
(六) 適時調整研究方法論	(三) 定期與指導教授聯繫
(五) 研究倫理的考慮與遵守	(四) 避免不切實際的設計

八 過來人的叮嚀與建議

從事學術研究和撰寫論文，需要自己的毅力和努力才能如期完成學位，確保學位論文品質。道聽塗說而來的消息往往是不可靠的，與其聽信學長姐對寫論文的八卦留言，不如讀讀寫論文的經典專書。

(一) 種什麼因得什麼果

很多事情從開始到結束，都具有因果關係，種什麼因就會收什麼果。學位論文研究與撰寫過程，如果嚴格遵守各種規範與格式要求，採用各種寫論文的建議，就不會有論文抄襲、引用不當、無法完成學位論文的窘境。

(二) 完成學位掌握在自己手中

學位論文研究與撰寫，需要的是正確的方法論與系統的流程、遵守嚴謹的規範格式要求，以及時間的規劃和運用。以個人以往當研

究生和擔任指導教授的經驗，研究生完成學位論文的關鍵在於「自己」，不在於「指導教授」，也不在於「他人」。進入研究所學習時，將各研究所的學生手冊讀熟、看清楚，哪些是需要遵守的、哪些是需要完成的、哪些是需要提繳的、哪些是畢業門檻，利用時間盡早完成，才不會在最後的關鍵時間點缺三漏四的，無法如期完成學位。

（三）時間因素在論文撰寫的關鍵

多少時間做多少事，多少毅力成就多少事業。學術研究與論文撰寫，需要的是長時間、有方法、有系統、按部就班完成。以往的經驗得知，很多研究者無法如期完成學術研究、提出學位論文的關鍵在於時間因素。研究生無法如期完成碩士（或博士）學位的關鍵，在於時間的掌握與運用，等到發現「時不我待」時，就錯過最佳的畢業時程。

（四）養成正確的撰寫習慣

學位論文的完成需要經過嚴格的論文比對系統，也需要嚴謹的論文審查。比對系統與審查制度不在於刁難研究者，而在於提醒研究者需要的基本規範。當論文審查意見出來之後，最常見的意見為「論文 APA 格式需要修正」，這也是研究者最不願意看到的審查意見，因為要回過頭來修正 APA 格式，是一件相當難為的事。因此，與其要在審查意見出來之後怨聲載道，不如撰寫論文時就養成正確的撰寫習慣，遵守論文要求的格式規範。

（五）沒有捷徑只有勤勞

一篇學位論文的完成，需要的是各種因素的彙整而成。從事學術研究的要領，是需要具有相當的耐心和毅力，不是短暫時間就可以成

就出來的。因此,學術研究沒有捷徑而只有勤勞以待,想要走學術研究的捷徑,到最後一定會功敗垂成。學位論文的撰寫需要千錘百鍊,閱讀很多的經典書籍,瀏覽相當豐富的研究文獻,彙整綜合國內外重要的研究等等,才能成就一篇高品質的學位論文。

(六) 凡走過必留下痕跡

由於科技的發展快速,網路訊息的快速擴展,撰寫論文查閱資料也相當快速;但,網路中的訊息更可以讓一個人「無所遁形」。如果在學位論文撰寫中犯了不該犯的錯誤,此種不當的紀錄就會在網路上登載,成為自己在學術發展生涯中的瑕疵。因此,勸所有學術研究的人員(或研究生),在從事學術研究與論文撰寫時,需要秉持著一步一腳印,一筆一文地誠實陳述自己的研究心得,避免不當引用或抄襲,以免導致未來一生的悔恨。

(七) 給自己一個有效的計畫

從事學術研究撰寫論文,需要的是方法正確、時間充實、資料豐富、系統效率等因素的組合。研究者需要為自己的學術研究(或學位論文撰寫)擬定一個有效的計畫,計畫中需要包括時間、方法、策略、人員等,依據計畫的內容好好地執行落實,才能在計畫的終點享有豐富的成果。

(八) 回首自己的來時路

有一位學術德高望重的學者指出,論文品質的好壞高低,歷史會給予評價定位。更重要的是,有一天你經過圖書館,看到了自己當年的學位論文,會不會感到榮耀或悔恨,這才是論文品質的重點。另外,當有一天你的後代子孫拿你的論文來質疑你當年是怎麼寫的論

文，不說錯別字連篇，連引用都錯誤。這，才真正是學術研究人生的
不堪。

圖 1-8
過來人的叮嚀與建議

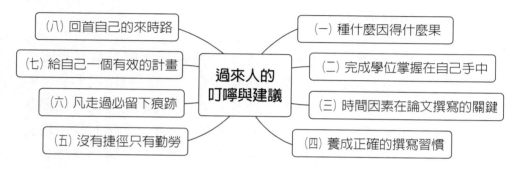

第二章

論文緒論的寫法

- 5 研究目的與問題的寫法
- 6 名詞釋義內容的寫法
- 7 研究範圍與限制的寫法
- 8 研究方法論的寫法
- 9 過來人的叮嚀與建議

第二章
論文緒論
的寫法

- 1 學位論文構思的要領
- 2 好的論文主題怎麼形成
- 3 論文緒論要包括哪些內容
- 4 研究動機與重要性的寫法

　　論文的緒論部分，是一篇學位論文的重中之重，透過緒論的呈現說明了這一篇學位論文的重點、關鍵、顯眼之處。因此，怎樣從緒論的撰寫中運用文字的力量，突顯出自己學位論文的品質，是研究者需要關注的焦點。本章的主旨在於說明論文的緒論要怎麼寫、如何呈現，以及相關的議題。

 # 學位論文構思的要領

　　學位論文主題的構思，需要考慮就讀的研究所和學科領域特性，同時也應該要顧及自己的生涯發展，進而思考論文主題要如何構思、如何選擇、如何決定。

(一) 優質的論文主題要反應它的內容

　　好的論文主題要能反應它的內容，讓人一看就知道研究者想要做什麼研究，採用什麼研究方法以及研究主題。案例 2-1 的學位論文，第一篇一看就可以了解是偏鄉學校國民小學教師進行班級經營的經驗敘說，在學位論文中分析自己的班級經營經驗；第二篇學位論文在說明一位幼教師課程轉型以實踐教育理想的歷程。

案例 2-1：學位論文主題案例

周仔秋（2022）。偏鄉學校國民小學中年級班級經營之經驗敘說研究。
侯玉婷（2022）。一位優質幼教師課程轉型之研究：在現實中實踐理想
　　的歷程。

(二) 論文主題應避免超過30個字

　　學位論文在主題的規劃設計方面，儘量以不要超過 30 個中文字為主，過長的論文主題，一來不容易突顯論文主題的重點，其次由於過於冗長的題目，有時候連研究者都無法將論文主題記下來。案例 2-2 第一篇學位論文，有 18 個中文字，而且一看就可以了解研究者的論文主題，應用合作學習策略用以精進國中理化實驗課程；第二篇學位論文，長達 35 個中文字，有一些冗長且比較無法掌握研究的重點和內容。

案例 2-2：學位論文主題案例

蔡淳宇（2020）。應用合作學習策略精進國中理化實驗課程。
林珮婕（2022）。共同學習法融入國小一年級數學領域教學對學生學習動機與學習成效之行動研究。

(三) 論文主題要具有相當的創意

　　學位論文主題的擬定，不一定要過於花俏或過度創新，但是要具有相當程度的創意。如果過度吵冷飯或者和一般論文沒有兩樣的話，就無法突顯出學位論文的創新性和貢獻。案例 2-3 的學位論文，第一篇在於描述實驗小學校長課程領導模式建立與驗證之經驗敘說研究，研究的重點在於進行自我經驗的敘說分享；第二篇在於透過個案研究說明實驗小學校長學校領導模式建立與檢證。前者研究重點在於「論述自己的經驗」，後者研究重點在於「論述他人的經驗」。

案例 2-3：學位論文主題案例

黃彥鈞（2022）。實驗小學校長課程領導模式建立與驗證之經驗敘說研究。
廖松圳（2024）。實驗小學校長學校領導模式建立與檢證之個案研究。

（四）論文主題要能吸引他人注意

　　學位論文主題的構思與擬定，不一定要有趣，但要能吸引他人的注意。在論文主題的決定時，建議要先瀏覽系所教授的網頁，了解教授指導過的學生論文都有哪些重點，透過學長姐論文的瀏覽，了解過去的論文都寫了哪些、有哪些主題、哪些特徵等，作為未來決定學位論文主題的參考。案例 2-4 第一篇的學位論文，以一個所長的逐夢記，雖然是以副標題呈現，但有突顯研究主題之用；第二篇學位論文，以踩動踏板的力量描述幼兒園園長在課程轉型歷程中施行激勵策略之研究，題目雖然不是很新，但具有畫龍點睛之效果。

案例 2-4：學位論文主題案例

> 吳采燕（2005）。托兒所啟動本位課程改革之行動研究——一個所長的築夢記。
>
> 陳美君（2011）。踩動踏板的力量——幼兒園園長在課程轉型歷程中施行激勵策略之探究。

（五）論文主題要有能力完成研究

　　學位論文在主題的擬定和執行方面，要選擇自己有能力完成的議題，避免研究主題太大、研究範圍太廣，超出研究者自己本身的能力，需要花費很多經費才能完成學位論文。案例 2-5 第一篇論文雖然沒有敘明研究地區，但看得出來指的是全國小學教師為研究對象，研究者需要擁有豐富的資源和人脈關係，才能將全國北、中、南、東、離島地區的國小教師進行分層隨機取樣問卷調查，才能如期完成學位論文；第二篇論文直接指明我國國小教師，需要花費相當龐大的經費與人力才能完成學術研究並寫出論文，除非有公部門的經費挹注，否則要完成論文的困難度相當高。

案例 2-5：學位論文主題案例

呂坤岳（2024）。國小教師教學信念、教學實踐、教學效能及相關因素之研究。

林進材（2024）。我國國小教師教學效能之研究。

（六）學位論文要避免吵冷飯現象

學位論文題目的擬定和構思，建議配合就讀學校系所的性質，以及就讀系所的學門領域，但在題目的決定方面，應該儘量避免炒冷飯現象，或者一個概念延伸數十個論文出來。案例 2-6 的三篇學位論文，雖然屬於不同學校系所的碩士論文，但是在本質上都屬於同一個概念的學位論文。學位論文主題擬定之前，建議先上「臺灣博碩士論文知識加值系統」（https://ndltd.ncl.edu.tw/cgibin/gs32/gsweb.cgi?o=d）查詢一下目前國內都寫了哪些學位論文，尤其是同領域同學門的學位論文。

案例 2-6：學位論文主題案例

林湘怡（2007）。一位優良幼教師的專業成長故事。

林芯伃（2007）。一位優質幼教師的專業成長歷程。

徐錦雲（2016）。一位優質幼教人之專業省思。

（七）寧可小題大作避免大題小作

學位論文主題範圍的選擇，除了需要了解目前國內的發表現況之外，也應該掌握幾個重要的原則。例如：寧可小題大作也不要大題小作，避免野心過大而導致完成期限遙遙無期。案例 2-7 第一篇學位論文很明確的指出幼兒園教師進行課程轉型之行動研究，以一個班級實

施主題課程爲例；第二篇學位論文則進行八位學生數學教師教學認知和情意面互動的個案研究，都是屬於小題大作的論文主題規劃。

案例 2-7：學位論文主題案例

許筑雅（2018）。幼兒園教師進行課程轉型之行動研究——以小樹班實施主題課程爲例。

陳霓慧（2006）。八位學生數學教師教學認知和情意面互動的個案研究。

(八) 應避免觸及敏感的議題

在學位論文主題的規劃與決定方面，建議避開國內有關敏感議題的範圍，例如：比較政黨政治的良窳、分析不同宗教信仰的得失、歸納不同命相學的正確與否。案例 2-8 中的三篇學位論文（虛擬杜撰），都屬於敏感議題的規劃，雖然沒有對與錯的問題，然而在主題的規劃方面，由於屬於相當敏感的議題，所以研究方法不好選擇，研究資料與訊息的蒐集也容易有問題。

案例 2-8：學位論文主題案例

林○○（2025）。國內不同政黨在施政方面的得與失分析比較研究。

陳○○（2025）。國內不同宗教信仰對於國家貢獻度之比較研究。

鄭○○（2025）。國內不同命相學人士對於預測未來命運準確度比較研究。

圖 2-1
學位論文構思的要領

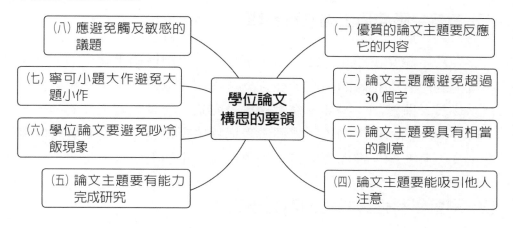

好的論文主題怎麼形成

論文主題在形成過程中，需要透過多種方式的處理，才能形成適合自己、適合系所與學門的論文主題。在研究所就讀期間，需要考慮論文研究主題和方法的選擇，當研究主題與方法確定之後，後續的學術研究才會順利。

(一) 上網查一下教授指導的論文

在決定論文主題和方法之前，研究生可以先上系所的網站，查詢一下系所教授都指導過哪些學生的論文，這些論文的主題、研究方法有哪些，先了解學長姐曾經做過的學位論文，作為自己選擇論文主題和方法的參考。此外，也可以先查詢一下想要邀請的指導教授資料，指導過哪些論文、哪些主題、哪些學門科目等，了解指導教授的專

長，作為邀請擔任指導教授的參考。

(二) 瀏覽全國博碩士論文資料庫

在決定論文主題和方法之前，可以上「臺灣博碩士論文知識加值系統」網站查詢相關的論文，在查詢過程中可以研究生、指導教授、口試委員、關鍵詞、摘要、文獻探討等方式，查詢相關論文的內容，了解在同一個領域學門中，曾經發表過哪些學位論文，將有興趣的論文全文下載參閱，進而形成自己的學位論文主題與研究方法。

(三) 瀏覽學科性質相近的期刊論文

除了查詢上述的資料庫之外，研究生也可以透過學科性質相近的期刊論文，瀏覽自己有興趣或關心的主題，透過期刊論文的閱讀，可以歸納出相關學科學門發展的重點，以及最近發表出來的期刊論文。以課程與教學研究所為例，可以參考《課程與教學季刊》、《教學實踐研究期刊》、《教育研究期刊》等幾個和課程教學有關的期刊，分析這些期刊最近發表的論文，作為學位論文擬定的參考。

(四) 進行研究主題的典範轉移

一般而言，研究所的學位論文，依據研究學門和學科，而有固定的規範、模式、格式、議題等，這些統稱為研究的典範。案例 2-9 中的第一篇學位論文，研究的是新北市國民中學校長教學領導與教學效能及學生學習成效議題，在典範轉移方面，可以調整為臺南市國中校長，或者臺南市國小校長，在教學領導方面可以典範轉移為課程領導等；第二篇學位論文研究偏鄉小學教師文化樣貌，可以調整為都會小學教師文化樣貌之研究，或者調整為偏鄉中學教師文化樣貌之研究等；第三篇學位論文研究國民小學校長學習領導、學校組織學習與教

學效能關係，可以典範轉移為國民中小校長學習領導，或者高級中學校長學習領導等。

案例 2-9：學位論文主題的擬定

陳忠明（2022）。新北市國民中學校長教學領導、教師教學效能與學生學習成效關係之研究。

楊雅妃（2012）。偏鄉小學教師文化樣貌之研究——新北市一所偏鄉學校個案。

陳添丁（2018）。國民小學校長學習領導、學校組織學習與教師教學效能關係之研究。

(五) 配合自己的服務單位性質

在研究所就讀的研究生，如果以在職進修的方式進修碩士（或博士）學位，在學位論文主題的規劃擬定時，可以考慮配合自己服務單位的性質，採用可行的研究主題和研究方法。例如：在國小擔任教師工作，可以透過行動研究法、實驗研究法、問卷調查法等，探討在班級課堂教學中遇到的各種教育問題。案例 2-10 的三篇學位論文，都是配合自己服務學校教學所需進行教育議題的行動研究與個案研究，透過研究的設計與實施解決班級教學上的問題。

案例 2-10：學位論文主題的擬定

杜楙（2021）。國小低年級英語教師班級經營策略運用之行動研究。

吳季林（2017）。國小中高年段導師班級經營策略之研究——以桃園市國小為例

汪詩鈺（2019）。國小課後照顧班教師班級經營策略之個案研究——以詩詩國小為例。

(六) 運用自己關心的教育議題

如果研究生是以全職的方式進修學位，可以在論文題目的選擇規劃上，選擇自己關心的教育議題，作為未來學位論文研究的主題。由於全職進修階段並沒有服務的單位，因而在研究主題和方法的擬定上，就需要選擇自己可以完成的論文為主。例如：以教育研究所而言，學位論文的擬定上就會因為有無在學校單位服務，而受到一些方法論上的限制，無法採用行動研究法、實驗研究法進行教育議題的研究。

(七) 結合自己能力的相關議題

除了沒有服務單位的研究生，在論文主題和方法的擬定時可能受到限制之外，也應該考慮自己的能力是否能如期完成學位論文。例如：案例 2-11 的第一篇學位論文，探討中國大陸班主任培育課程內容分析，需要能夠取得中國大陸內部的培育計畫和內容，才能進行學位論文研究；第二篇學位論文，研究的是越南在疫情期間國民中學的遠距教學與自主學習，而且還是採用經驗敘說研究法，如果不是親身經驗的話，無法完成學位論文。

案例 2-11：學位論文主題的擬定

林香河（2019）。中國大陸班主任培育課程內容分析。

林困涵（2024）。疫情期間越南國民中學實施遠距教學與自主學習之經驗敘說研究。

(八) 和指導教授討論論文主題

研究所階段的學習，除了導師之外，最重要的是論文指導教授。在選擇論文指導教授之前，研究生需要先清楚自己未來的研究方

向，以及感到興趣的研究議題，再進而邀請論文指導教授。最後，論文主題和研究方法的決定，需要不斷地和指導教授商量討論，經過指導教授的認可之後，才能展開後續的論文研究與撰寫工作。俗諺「天大地大，指導教授最大。」意指在論文研究與撰寫過程中，需要以指導教授的建議爲重，少了指導教授的論文指導，完成的學位論文就無法見光問世。

圖 2-2
好的論文主題怎麼形成

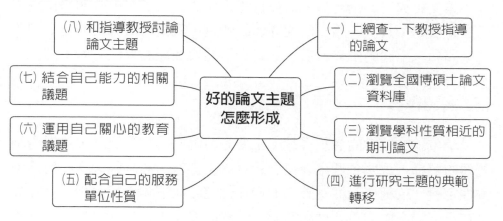

三　論文緒論要包括哪些內容

　　一般而言，人文社會科學的學位論文在緒論方面需要包括：(1) 研究動機與重要性；(2) 研究目的與問題；(3) 名詞釋義；(4) 研究範圍與限制；(5) 研究方法論。茲詳加說明如下：

(一) 研究動機與重要性

　　研究動機與重要性的撰寫，主要是說明學位論文研究的動機，以及論文研究的重要性。一般來說，研究動機和重要性的論述需要依據學位論文主題與研究方法，參考論文主題的重要概念與文獻探討，提出論文研究的動機與重要性，以利說明學位論文研究的來龍去脈。

(二) 研究目的與問題

　　論文研究目的撰寫時，需要以肯定句的方式陳述，說明學位論文的主要目的；其次，論文研究問題的陳述，就是將研究目的肯定句改為疑問句。不同的研究方法，在研究目的與問題的寫法有所不同。

(三) 名詞釋義

　　學位論文緒論的名詞釋義，主要是將論文的重要概念，透過名詞方面的解釋，說明各個重要概念的意義；其次，名詞釋義一般包括理論性定義（或稱概念性定義）與操作性定義。理論性定義指的是該概念在研究過程中的重要性和意義，一般的概念來自論文第二章文獻探討中，重要名詞綜合歸納之後的意義；操作性定義指的是在學位論文研究中，研究者是如何操作這個重要名詞的。

(四) 研究範圍與限制

　　學位論文的研究範圍，一般指的是研究變項，撰寫的內容來自論文第二章文獻探討中，重要名詞的內涵（或內容）。例如：教學信念的內涵包括「課程目標」、「教學方法」、「教師角色」及「師生關係」等四個層面（呂坤岳，2024），則論文研究範圍有關教學信念的研究範圍就包括上述四個重要層面。研究限制方面，一般學位論文

的研究限制指的是研究者採用的研究方法本身。因為，任何研究方法本身就是一種限制。

(五) 研究方法論

學位論文緒論部分的研究方法論，一般的碩士論文不會討論研究方法論的議題，只有博士論文才會要求針對研究方法論進行學理方面的討論。

四 研究動機與重要性的寫法

學位論文的撰寫，在研究動機與重要性方面，呈現的內容與論文第二章文獻探討有很密切的關係。在學位論文的撰寫中，每一個段落和每一個章節的呈現都具有相當的規定，以及撰寫的方法。下列案例 2-12：學位論文的目次，有幾個原則包括：(1) 章要從奇數頁開始；(2) 節要在章下方空一個中文字等；案例 2-13：學位論文的表目次，需要以二階的方式呈現（如表 2-1、表 3-2），表 2-1 指的是第二章第一個表，表 3-2 指的是第三章第二個表；案例 2-14 是屬於圖目次，以二階的方式呈現，圖 3-1 指的是第三章第一個圖，圖 4-1 指的是第四章第一個圖。

案例 2-12：學位論文的目次（廖松圳，2024）

目次
第一章 緒論
　第一節 研究動機與重要性
　第二節 研究目的與問題
　第三節 名詞釋義

案例 2-13：學位論文的表目次（杜淼，2022）

案例 2-14：圖目次（杜㮾，2022）

（一）章與節中間的寫法

　　學位論文的寫法，在各章與節中間的段落，主要是要告訴讀者這一章的內容在寫些什麼。因此，這一段落的寫法只要簡單扼要就可以，讓讀者可以了解這一章的各節內文在寫些什麼。例如：案例 2-15 的內容主要在於說明這一篇學位論文第一章的緒論在寫些什麼，以及包括哪些重要的內容。

案例 2-15：章與節中間的寫法（呂坤岳，2024）

第一章　緒論

　　本研究旨在運用問卷調查法蒐集國小教師之教學信念、教學實踐、教學效能及相關因素，探討不同背景變項教師在教學信念、教學實踐及教學效能之現況及差異，並且分析其相關性、預測力和結構方程模式之適配度，最後提出結論及相關建議。有鑒於此，本章計分為五節：依序為第一節研究動機與重要性、第二節研究目的與問題、第三節名詞釋義、第四節研究範圍與限制、第五節研究方法論。

第一節　研究動機與重要性

（略）

（二）第一段的寫法與內容

　　在論文第一章緒論中的第一節研究動機與重要性，第一段內文的寫法，是依據第二章文獻探討第一節的重要概念精華版而來。例如：呂坤岳（2024）的博士學位論文「國小教師教學信念、教學實踐、教學效能及相關因素之研究」，第二章的文獻探討應該包括教學信念、教學實踐、教學效能及相關研究。因此，第一段的寫法就是將第二章文獻探討第一節教學信念之意涵，濃縮精簡成為這一段的內文，說明教學信念的意義和重要性。

案例 2-16：第一章第一節第一段的內文

　　面對瞬息萬變的新世代，學生需要具備哪些知識及技能來因應未來的生活，也是教師需不斷思考的問題之一，此時，對於教師來說，心裡要存有什麼樣的信念來面對未來的教學，亦是教師本身所要關注的重要課題。因為教師的信念會間接影響教育系統和學生的學習發展，然而教育不僅影響學生的生活品質也會影響一個國家的健康和社會功能（Gan, 2020）。

（三）第二段的寫法與內容

　　研究動機與重要性的第二段寫法，主要是依據文獻探討第二節內文而來，用意在於說明論文第二個重要概念的意義和重要性。例如：呂坤岳的論文第二個重要概念是教學實踐，因此第二段的內容需要說明教學實踐的概念和重要性。

案例 2-17：第一章第一節第二段的內文

　　教師實踐就是教學者結合本身所持有的教學信念與專業知能，並轉換成符合學習者的學習目標，且能持續反思、回饋及修正的循環歷程之

教學行爲。換言之，教師將教學歷程之前、中、後做一系列的分析及評估，以行動付諸實踐，並且在與學生互動過程中透過反思來判斷與修正自己的教學行爲，進而引導學生在學習過程中能共同參與及成長。邱智漢（2021）指出國小教師在課堂的教學實踐中要貫徹教學信念時也會遇到許多障礙，教學者在教學歷程中具備專業知識，也必須要有計畫、有組織及有系統的運用適當的教學方法來指導學習者進行有效的學習活動。

（四）第三段的寫法與內容

研究動機與重要性的第三段，主旨在於說明論文研究的第三個重要概念和意義。因此，第三段的內容主要是依據文獻探討第三節內文的精華版而來。例如呂坤岳的論文第三個概念是教學效能，因而第三段的內容就是教學效能的意義和概念。

案例 2-18：第一章第一節第三段的內文

因此，在十二年國教以學生爲主體性的教學導向之下，無論是學生的學習成效，或是教師的教學效能，都是備受矚目的關鍵因素，教與學必須要能相輔相成，才能使教師在教學歷程中透過充分的教學計畫準備、運用有效的教學策略、建立互信的師生關係及營造良好的學習氣氛等有效教學行爲，達成所預定的教學目標，進而提升學生學習成效之程度。

（五）第四段的寫法與內容

論文緒論方面的研究動機與重要性，第四段的內文主要是說明研究主題在目前國內外的研究現況、趨勢與展望，以突顯出本論文研究的問題意識，以及研究發展的情形。因此，第四段的內容是依據文獻

探討中的「相關研究」而來，透過國內外相關研究的分析，說明論文研究的議題和趨勢。

案例 2-19：第一章第一節第四段的內文（黃彥鈞，2020）

國內有關校長課程與教學領導發展與趨勢，在研究主題方面，包含課程領導實踐、課程領導者的反思與追尋、課程領導與教學領導、課程領導建構、課程領導知識與脈絡、課程教學領導延伸之意義及其發展之情境脈絡等，相關的議題主要聚焦在校長針對學校特色、本位課程之發展脈絡及成效、學校教育發展與課程教學領導等，進行相關的學理探究與實踐智慧方面的研究。相關研究有：潘致惠（2019）行動智慧導向的校長課程領導與校訂課程發展之研究；李雅茹（2020）國小校長課程領導對學校本位課程發展影響之研究；吳司宇（2020）國小初任校長課程領導挑戰與行動智慧之研究；林雅芳（2021）偏鄉小學初任校長的課程領導——以 108 課綱跨領域學校本位課程為例；程文頤（2021）校長課程領導與學校本位課程發展之研究：以偏鄉 J 校為例。此外，亦有二篇針對實驗教育之課程領導進行探究，方正一（2019）混齡教學與課程領導之研究——一位偏鄉國小校長之觀點；曾煥淦（2020）臺灣實驗學校校長轉化型課程領導之個案研究。綜上所述，可見課程發展於近年研究之重要性，而實驗教育能否達成願景及目標，成敗之關鍵亦在課程之發展與實踐，突顯了實驗教育主題被重視的部分。

（六）第五段的寫法與內容

研究動機與重要性最後一段的寫法與內容，主要是表達研究者在學位論文中，想要運用什麼方法進行哪方面的研究，以及研究的重點和內容。

案例 2-20：第一章第一節第五段的內文（林香河，2019）

> 綜合上述的研究動機與重要性，本研究的出發點在於探討中國大陸小學班主任培育課程，此項課程內含在小學教師教育培養課程之內。因此，在探究此課程時，需要回到中國大陸小學教師教育培養（育）課程裡去分析課程的內容，包括課程計畫、課程目標、課程學科、課程經驗等四大主題；其次是從訪談中蒐集有關於小學班主任課程的相關資料，進行課程的內容分析，以達成研究中國大陸小學班主任培育課程的目標。

(七) 論文計畫與正式論文的用詞

　　論文計畫和正式論文在撰寫的用字遣詞方面有所不同，撰寫論文計畫時使用的是「未來式」語氣，例如：「擬」、「預期」、「希望」、「想要」等用語；撰寫正式論文時使用的是「過去完成式」語氣，例如：「已經」、「達成」、「回首」等。在中文摘要與英文摘要方面的撰寫，論文計畫用未來式，正式論文用過去完成式語氣。

案例 2-21：學位論文計畫的用詞（周仔秋，2022）

> 綜上所述，本研究擬以一位初任偏鄉國民小學中年級代理代課教師，進行班級經營相關論述，透過個人教育理念詮釋，轉換成班級經營相關策略，期望以經驗敘說方式，讓讀者更加明白，如何有效進行偏鄉國民小學班級經營的歷程，實施班級管理策略和相關應證。

案例 2-22：正式學位的用詞（周仔秋，2022）

> 綜上所述，本研究選擇以一位初任偏鄉國民小學中年級代理代課教師，進行班級經營相關論述，透過個人教育理念詮釋，轉換成班級經營相關策略，並且以經驗敘說方式，讓讀者更加明白，如何有效進行偏鄉國民小學班級經營的歷程，實施班級管理策略和相關應證。

(八) 中英文摘要的寫法和內容

在論文摘要的寫法方面,中英文的撰寫原則包括:(1) 中文論文以 500 個中文字為原則,盡量不要超過 500 個字;(2) 中文摘要的內容應該包括研究議題的重要性、研究主題、研究問題、研究對象、研究樣本、研究方法、研究結論等幾個項目;(3) 中文摘要應該要包括重要名詞;(4) 英文摘要的撰寫應該要以「過去完成式」的語氣為原則。有關中英文摘要的寫法和內容,請參考案例 23、24:

案例 2-23:學位論文的中文摘要(陳冠蓉,2021)

自我調整學習策略對國小六年級學童英語科學習態度與學習成效之行動研究

學生:陳冠蓉　　　　　　　　　　　　指導教授:林進材 博士

國立臺南大學教育系課程與教學碩士班

本研究採行動研究方式,旨在評估自我調整學習策略運用於國小之英語課堂後,學生學習態度及學習成效之改善情形,並探討自我調整學習策略在國小可行之運作模式與策略。本研究以研究者任教之國小班級之 8 位學生為研究對象,設計自我調整學習策略教學方案於課堂中實施,其行動歷程共有三個教學階段,為期 12 週,研究過程透過質性與量化資料之蒐集,分析歸納出本研究結論如下:

1. 自我調整學習策略對國小六年級學生英語學習有正面效益。
2. 自我調整學習策略能提升國小六年級學生英語學習態度。
3. 自我調整學習策略能提升國小六年級學生英語學習成效。

關鍵字:自我調整學習策略、學習態度、學習成效

案例 2-24：學位論文的英文摘要（陳冠蓉，2021）

An Action Research on the Relations Among Self-Regulated Learning, English Learning Attitude and Learning Effectiveness of the Sixth Grade Students

Guan-Rong Chen

Abstract

This research has taken action to find self-regulated learning strategies after English learning in elementary schools, students' learning attitudes and learning goals and methods, and explores the methods and strategies of self-adjusted learning methods in the country. This research has taken 8 students in the elementary school class where the researcher teaches as the research object. The self-regulated learning strategy teaching plan has been designed and implemented in the classroom. The course of action has three teaching stages and lasts for 12 weeks. The research process is qualitative and quantitative. The collection of data, analysis and summary of the conclusions of this research are as follows:

1. Self-adjusted learning strategies have a positive effect on the English learning of sixth grade students in elementary schools.
2. Self-adjustment of learning strategies can improve the English learning attitude of sixth graders in elementary schools.
3. Self-adjustment of learning strategies can improve the effectiveness of English learning in the sixth grade of elementary school.

Keyword: Self-regulated learning strategy, Learning Attitude, Learning effectiveness

五 研究目的與問題的寫法

　　研究目的與研究問題是學位論文研究中的重要概念，透過研究主題和方法的擬定之後，從文獻探討與歷年的學術研究中，確認研究者想要達成的目的，以及想要解決的問題。

(一) 研究目的構成

　　研究目的構成有幾個重要的原則：(1) 以肯定句的語氣方式呈現；(2) 研究目的的寫法要簡單扼要，讓讀者一目了然；(3) 研究目的因不同研究方法，而有不同的寫法。

(二) 研究問題的擬定

　　研究問題的擬定，是依據研究目的而來，研究問題的擬定有幾個重要的原則：(1) 將研究目的內容肯定句調整為疑問句；(2) 疑問句的寫法要簡單明確；(3) 一個研究問題以一個研究概念為原則；(4) 不同的背景應該要在研究問題上寫清楚。

案例 2-25：問卷調查法研究目的與問題的寫法（呂坤岳，2024）

國小教師之教學信念、教學實踐、教學效能及相關因素之研究

一、研究目的
(一) 探討國小教師教學信念、教學實踐與教學效能之現況。
(二) 比較不同背景變項國小教師在教學信念、教學實踐與教學效能之差異情形。
(三) 分析國小教師教學信念、教學實踐與教學效能之相關性。
(四) 探討國小教師的教學信念、教學實踐與教學效能之結構方程模式。

(五) 探討國小教師的教學信念在教學實踐與教學效能之間的中介效果。

二、研究問題

(一) 國小教師的教學信念、教學實踐與教學效能之現況為何？

(二) 不同背景變項的國小教師教學信念、教學實踐與教學效能之差異情形為何？

　2-1. 不同性別的國小教師教學信念、教學實踐與教學效能之差異情形為何？

　2-2. 不同年齡的國小教師教學信念、教學實踐與教學效能之差異情形為何？

　2-3. 不同學歷的國小教師教學信念、教學實踐與教學效能之差異情形為何？

　2-4. 不同教學年資的國小教師教學信念、教學實踐與教學效能之差異情形為何？

　2-5. 不同職務的國小教師教學信念、教學實踐與教學效能之差異情形為何？

　2-6. 不同學校規模的國小教師教學信念、教學實踐與教學效能之差異情形為何？

　2-7. 不同學校區域的國小教師教學信念、教學實踐與教學效能之差異情形為何？

(三) 國小教師的教學信念、教學實踐與教學效能之相關性為何？

　3-1. 國小教師的教學信念與教學實踐的相關性為何？

　3-2. 國小教師的教學信念與教學效能的相關性為何？

　3-3. 國小教師的教學實踐與教學效能的相關性為何？

(四) 國小教師的教學信念、教學實踐與教學效能之結構方程模式為何？

　4-1. 國小教師的教學信念與教學實踐的結構方程模式關係為何？

　4-2. 國小教師的教學信念與教學效能的結構方程模式關係為何？

　4-3. 國小教師的教學實踐與教學效能的結構方程模式關係為何？

(五) 國小教師的教學信念在教學實踐與教學效能之間是否具有中介效果？

案例 2-26：內容分析法研究目的與問題的寫法（林香河，2019）

中國大陸小學班主任培育課程之研究

一、研究目的

(一) 探究中國大陸小學班主任培育課程計畫。

(二) 探究中國大陸小學班主任培育課程目標。

(三) 探究中國大陸小學班主任培育課程學科、學分、學時。

(四) 探究中國大陸小學班主任培育課程經驗。

二、研究問題

(一) 中國大陸小學班主任培育課程計畫內容為何？

    1-1. 小學班主任培育課程計畫制定的行政序為何？

    1-2. 小學班主任培育課程計畫採用的中央政策文件為何？

    1-3. 小學班主任培育課程計畫採用的地方政策文件為何？

    1-4. 小學班主任培育課程計畫的項目為何？

    1-5. 小學班主任培育課程計畫的實施觀為何？

(二) 中國大陸小學班主任培育課程目標為何？

    2-1. 中央層級：小學班主任計畫的中央層級培育目標為何？

    2-2. 地方層級：小學班主任計畫的地方層級培育目標為何？

    2-3. 學校層級：小學班主任計畫的學校層級培育目標為何？

    2-4. 教師層級：小學班主任計畫的教師層級培育目標為何？

    2-5. 學生層級：現職小學班主任在當時身為學生時的目標為何？

(三) 中國大陸小學班主任培育課程學科、學分、學時為何？

    3-1. 學科：小學班主任所開設的每一門學科為何？

    3-2. 學分：小學班主任所開設的每一門學科的學分為何？

    3-3. 學時：小學班主任所開設的每一門學科的學時為何？

(四) 中國大陸小學班主任培育課程經驗為何？

    4-1. 參觀：小學班主任計畫的參觀經驗為何？

    4-2. 預習試教：小學班主任計畫的預習試教經驗為何？

    4-3. 見習：小學班主任計畫的見習經驗為何？

    4-4. 教學實習：小學班主任計畫的教學實習經驗為何？

    4-5. 行政實習：小學班主任計畫的行政實習經驗為何？

案例 2-27：經驗敘說研究法研究目的與問題的寫法（黃彥鈞，2021）

實驗小學校長課程領導模式建立與驗證之經驗敘說研究

一、研究目的

(一) 敘說實驗學校校長推動實驗教育的課程領導的情境、脈絡。

(二) 敘說實驗學校校長推動實驗教育之課程領導的歷程、困境、因應策略、成效。

(三) 探究實驗學校校長課程領導歷程之模式建立與驗證關係。

二、研究問題

(一) 實驗學校校長推動實驗教育的課程領導的情境、脈絡為何？

(二) 實驗學校校長推動實驗教育之課程領導的歷程、困境、因應策略、成效為何？

(三) 實驗學校校長課程領導歷程之模式建立與驗證關係為何？

案例 2-28：行動研究法研究目的與問題的寫法（陳冠蓉，2021）

自我調整學習策略對國小六年級學童英語科學習態度與學習成效之行動研究

一、研究目的

(一) 擬定自我調整學習策略對國小六年級學生英語學習態度與學習成就改變之行動方案。

(二) 探討自我調整學習策略對國小六年級學生英語學習態度與學習成就改變方案之實施歷程與成效。

(三) 探討自我調整學習策略對國小六年級學生英語學習態度與學習成就方案實施所遇問題及因應方式。

二、研究問題

(一) 自我調整學習策略對國小六年級學生英語學習態度與學習成就改變之行動方案為何？

(二) 自我調整學習策略對國小六年級學生英語學習態度與學習成就改變方案之實施歷程與成效為何？

(三) 自我調整學習策略對國小六年級學生英語學習態度與學習成就方案
實施所遇問題及因應方式為何？

案例 2-29：實驗研究法研究目的與問題的寫法（連舜華，2022）

提升國小學生閱讀理解能力教學設計與實施成效之研究

一、研究目的
(一) 透過理論探討建構提升國小學生閱讀理解能力教學設計。
(二) 透過實驗研究驗證閱讀理解能力教學設計與實施成效。
(三) 研究者的專業成長與省思。

二、研究問題
(一) 有效提升國小學生閱讀理解能力的教學設計為何？
(二) 透過實驗研究驗證閱讀理解能力教學設計與實施成效為何？
(三) 教師於教學設計與實施後，在教學上的成長與省思為何？

案例 2-30：個案研究法研究目的與問題的寫法（廖松圳，2024）

國小實驗學校校長領導歷程模式建立與驗證之個案研究

一、研究目的
(一) 探討實驗學校校長學校領導的情境與脈絡。
(二) 論述實驗學校校長學校領導的歷程、困境、因應策略與成效。
(三) 探究實驗學校校長學校領導歷程之模式建立與驗證關係。

二、研究問題
(一) 實驗學校校長學校領導的情境與脈絡為何？
(二) 實驗學校校長學校領導的歷程、困境、因應策略與成效為何？
(三) 實驗學校校長學校領導歷程之模式建立與驗證關係為何？

六　名詞釋義內容的寫法

　　學位論文的名詞釋義，主要是說明在學術研究中，研究者是如何定義有關的重要概念，以及如何操作的過程。

(一) 名詞釋義的內容

　　一般而言，名詞釋義的內容包括「理論性定義」（或稱概念性定義）、「操作性定義」二個部分，用來解釋學術研究過程中，研究者對於重要概念的定義。

(二) 名詞釋義的構成

　　名詞釋義中的理論性定義，主要內容來自於學位論文第二章文獻探討各節有關重要概念之意義，研究者歸納國內外對於專有名詞定義之後，所做出來的歸納結果。案例 2-31 的名詞釋義，第一段是屬於理論性定義，第二段為操作性定義。第一段的定義來自於文獻探討中有關領導效能在國內外定義綜合歸納的結果；第二段的定義，主要是研究者在研究中的操作性定義；案例 2-32 的名詞釋義，第一段是文獻探討中有關教學效能意義之綜合歸納結果，第二段是研究者蒐集量化資料的定義。

案例 2-31：質性研究中名詞釋義的理論性定義與操作性定義（廖松圳，2024）

領導效能
　　領導效能係指對實驗學校校長領導作為實施效能的測量，以明瞭領導作為實施程度。本研究係指學校型實驗學校評鑑辦法中之「計畫審議參考指標檢核表」執行程度，學校自評向度對校長領導作為作系統的

評價。

　　本研究在領導效能方面，可概分為學校願景、組織發展、教學研究、外部區資源整合及學校特色等五個面向。

案例 2-32：量化研究中名詞釋義的理論性定義與操作性定義（呂坤岳，2024）

教學效能

　　教學效能是教師在進行教學歷程時，運用有效的教學方法，使學生獲得學習成效。本研究之教學效能係指國小教師在教學歷程中透過充分的教學準備、運用有效的教學策略、建立互信的師生關係及運用多元的評量，以達成教學目標與提升學生學習成效。

　　本研究所指之教學效能，係指受試者在研究者自行編製「教學效能的反應情形量表」。此量表包含教學計畫準備、教學策略實施、師生關係建立、多元評量運用等四個層面。本研究「教學效能」係指國小教師在「教學效能量表」中所填答的得分情形，得分越高，表示教學效能越正向；反之得分越低，則表示教學效能越負向。

七　研究範圍與限制的寫法

　　在學位論文第一章中的研究範圍與限制，主要是說明學術研究中各個變項涉及的範圍，以及研究中受到各種因素的影響，而研究者無法達成的目標。

(一) 研究範圍的構成

　　一般而言，研究範圍指的是「研究變項」，主要是從論文第二章文獻探討各節中的主要概念之內涵而來。例如：研究實驗學校校長課

程領導模式與驗證經驗敘說，在校長領導之意涵這一節中，會探討校長領導之意義、校長領導之內涵、校長領導之模式、校長領導之相關理論、校長領導之研究等文獻，其中的校長領導之內涵，就是學位論文緒論中的研究範圍。案例 2-33 與 2-34 的內文，主要是研究者依據第二章文獻探討各節重要概念之「內涵」而來，如果是質性的研究，就需要蒐集這些內涵之文件（或語料）；如果是量化研究的話，就需要將這些變項內容編成問卷調查的題目。

案例 2-33：學位論文質性研究緒論中研究範圍的寫法（黃彥鈞，2022）

實驗小學校長課程領導模式建立與驗證之經驗敘說研究

研究範圍

本研究旨在探究一所國小公辦公營實驗小學課程領導運作歷程，從實驗教育願景、目標建立、課程發展、創新教學策略、學生多元展能、教育資源爭取與運用、在地融合等面向，透過學校實施實驗教育六年又九個月（自 2015 年 8 月至 2022 年 5 月）以來所產出的學校文件、課室觀察、訪談、學生作品、媒體報導以及研究者本身的省思札記等資料進行文件的蒐集，並透過資料的分析有系統地進行分類與歸納，最後提出研究的結論與自我的省思及建議。

案例 2-34：學位論文量化研究緒論中研究範圍的寫法（呂坤岳，2024）

國小教師教學信念、教學實踐、教學效能及相關因素之研究

研究範圍

本研究係以國小教師教學信念、教學實踐與教學效能之現況與關係作為主要探究的範疇，其中教學信念包含課程目標、教學方法、教師角色及師生關係等四個層面；教學實踐包含課程規劃與實施、教學方法與策略、班級經營與互動及教學評量與回饋等四個層面；教學效能包含教學計畫準備、教學策略實施、師生關係建立、多元評量運用等四個層

面。另外，在背景變項方面則會探討不同性別、年齡、學歷、教學年資、現任職務、學校規模及學校區域之教學信念、教學實踐與教學效能之差異情形及相關性。

（二）研究限制的構成

　　學位論文撰寫的研究限制，指的是在研究過程中因為各種內外在因素，而無法做到的部分，或者由於研究條件或方法而受到的一些限制。一般而言，比較常見的研究限制，指的是研究方法的選擇。因為，任何研究方法本身就是一種限制。因此，研究者在撰寫研究限制時，需要針對研究方法的運用而提出研究限制。研究限制的主要寫法為「本研究採用行動研究法，由於研究方法的採用，容易導致下列限制……」，以下的論述應該引用研究法專書中所提到研究者引用的研究方法（如行動研究法）之缺點或限制。有關研究限制的寫法和內容，請參見案例 2-35、2-36。

案例 2-35：學位論文行動研究法限制的寫法（李惠萍，2023）

臺南市國小二年級班級常規管理策略運用成效之行動研究

研究限制

　　本研究採用行動研究法，由於研究方法的採用容易導致下列研究限制（蔡清田，2000，23-28）：(1) 實務的限制性：由於實務工作者，特別是教師在學校的主要任務是教導學生，因此行動研究的形式已然存於實務工作中。若行政單位能更積極安排教育實務工作者獲得進修的機會，教育實務工作者也積極參與進修研習，學習專業知識，方能扭轉教育實務工作者不從事研究的形象，建立教育專業者的專業地位；(2) 時間的限制性：教育的行動研究中，強調教育實務工作者本身必須就是研究者，如此才能在實際教育情境中發現問題。然而一般教師很難長期同時兼顧教學者與研究者兩種角色，因此對教育研究的時間較短，對學校

教育革新的實際影響亦十分有限；(3) 類推的限制性：教育行動研究所針對的對象及所處環境等，皆具有特殊性，最後所歸納整理出來的結論是針對特別的問題，因此不具備普遍的類推性，限制了教育行動研究將研究結果廣泛應用在其他問題的解決上；(4) 資料的限制性：當教育實務工作者肩負起教育行動研究的角色時，會需要向學生、學校教師同事或是上級行政人員蒐集資料，但因為研究結果資料的公開性，可能會涉及個人的隱私權或智慧財產權，導致資料蒐集上的困難及限制性。

案例 2-36：學位論文問卷調查法限制的寫法（翁岱稜，2021）

臺南市國小高年級學生數學學習策略、學習成就及相關因素之研究

研究限制

本研究採用問卷調查法，由於研究方法的採用，容易導致下列限制（王文科、王智弘，2017）：(1) 問卷的填寫應該由研究者親自主持，則可以與應答者建立關係，解釋研究的目標和可能題意不清的題目；(2) 對於應答者無法控制的認知、情緒等無法控制的情境因素影響，可能導致應答者對量表的詮釋與文意不同、某些題目沒有作答；(3) 部分問卷未寄回，也可能造成樣本偏差。

 研究方法論的寫法

在學位論文的緒論中，一般沒有規定研究者需要討論研究方法論的議題。所以，研究者會在論文的第三章研究設計與實施，提出研究方法以及研究流程等。然而，研究者對於學術研究採用的研究方法論如果缺乏認識或不熟悉的話，就容易導致研究失眞、準確性低、信實度不高等情形。因此，建議不管是碩士論文或博士論文，應該在適當

的地方討論學術研究的方法論議題。茲將研究方法論部分的寫法和呈現方式詳加分析討論如下：

(一) 方法論的意義

在方法論的意義這一段落，研究者需要引用國內外有關方法論的專書或文章，再進而歸納自己對方法論的觀點。案例 2-37 有關方法論意涵之探討，研究者先引用相關專書（或文獻）對於方法論之界定，進而綜合歸納方法論之意涵。

案例 2-37：方法論的意義內容寫法（呂坤岳，2024）

國小教師教學信念、教學實踐、教學效能及相關因素之研究

方法論之意涵

　　方法論（methodology）係指研究方法之理論，被視為研究者面對整個問題情境脈絡時，採取之通盤策略與統整設計選擇之後設分析（林進材，2002）。研究方法論係屬哲思、理論、理念與思考層面之概念，與研究方法（method）技術執行、實踐層面而有所差異，身為教育研究應將哲思與研究方法技術予以融合，在「派典－方法論－理論－研究」的脈絡系統中進行研究（張慶勳，2005）。方法論也是研究方法之邏輯學，探討其中基本理論假定、原則、研究邏輯與應用等方法之適當性，經由完整後設認知分析歷程，可增進整個研究過程之可靠性與真實性（林進材，2018）。

　　綜上所述，本研究旨在探討「國小教師教學信念、教學實踐與教學效能及相關因素」，期能透過研究方法論的探討及應用，使研究過程中具備充足的理論與研究法的正當性，進而強化研究的信度與效度，以及增加研究的廣度與深度。

（二）質與量的研究方法論

　　討論完方法論之後，接下來就是針對研究的量化研究與質性研究取向，進行學理方面之討論，以延伸自己的研究取向。透過二種不同的研究取向探討，才能掌握自己選擇的研究方法之理論基礎、基本架構、討論議題、優缺點等。

案例 2-38：質與量研究方法論內容寫法（呂坤岳，2024）

國小教師教學信念、教學實踐、教學效能及相關因素之研究

質與量研究方法論

　　質性研究之客觀性是觀察者、報告書、操作工具所賦予對象之客觀性而非對象本身之客觀性，其長時間生活、縝密的、詳實的蒐集及檢驗資料，接著再將資料反覆詮釋，並隨時反省偏見和偏頗，使其不影響研究報告，運用可靠性、遞移性、可證實性來提高信實度。因此，就方法層面考量，質性與量化兩者有統整運用之必要和價值，而且宜將質性研究與量化研究兩者視為互補關係，而非全有或全無的位置，或是對立及替代的關係（王文科，2000）。

　　量化研究關注於歸納自然或社會現象之客觀法則，根據這些法則解釋各種現象；而質性研究重視意義理解，研究目的為理解某些社會行動對於行動者或研究者之意義（潘慧玲，2004）。因為質性研究提供有效、真實、豐富、有深度的資料，而量化研究則能廣範圍的蒐集資料，以求得可信賴、固定、可複製的結果（賈馥茗、楊深坑，2014）。

　　總而言之，無論是量化研究法或是質性研究法的應用，取決於研究者本身對於教育相關議題的涉獵、探究及鑽研，透過文獻分析與相關理論作為研究基底，並配合具有研究價值及貢獻的主題，進而選用最合適的研究方法。

(三) 研究法的意涵

在討論質與量的研究方法之後，接下來就是針對研究者選擇的研究方法，討論研究法的意義、實施步驟與優缺點。透過研究法本身的探討，讓研究者可以深入了解每一種不同研究方法採用的主要原因、這些研究方法的實施步驟有哪些、研究方法的優缺點有哪些，依據對於研究法的認識與探討，熟悉未來進行學術研究時，需要注意的事項有哪些、研究者如何掌握研究法的特質，並進而提出各種因應措施，避免或降低來自研究方法本身的侷限。

九　過來人的叮嚀與建議

研究方法論是每一位研究人員需要熟悉的研究技巧，透過方法論的運用，可以了解研究流程中需要注意哪些重要事項，同時掌握資料蒐集的方法，進而解釋各種教育現象，提出具體可行的建議。

想要精準的進行學術研究，就需要了解各種不同研究方法的特性、優缺點、限制等，並且巧妙地運用各種研究方法，才不會在研究過程中受到方法論本身的限制，侷限了研究視野。

第三章

論文文獻探討的寫法

- 7 重要概念的相關理論與寫法
- 8 重要概念的類型歸納與寫法
- 9 重要概念的模式歸納與寫法
- 10 重要概念的評估與寫法
- 11 重要概念相關研究的歸納與寫法
- 12 文獻中的表與圖的歸納與寫法
- 13 過來人的叮嚀與建議

第三章 論文文獻探討的寫法

- 1 文獻探討撰寫的共同規範
- 2 文獻探討運用的規範
- 3 文獻探討需要考慮的要素
- 4 文獻探討的構成要素
- 5 重要概念的意義與寫法
- 6 重要概念的內涵與寫法

　　學位論文之文獻探討，主要是梳理研究者有興趣的研究主題、目前國內外有哪些重要的研究、有哪些相關的理論可以佐證、有哪些研究發展趨勢。透過文獻探討可以提供研究者在未來的研究設計與實施上，有一個可以參照的理論。本章的重點，在於提示學位論文在梳理文獻探討時，有哪些脈絡途徑可以參考，引導研究者一個正確的參考模式。

 # 文獻探討撰寫的共同規範

　　在撰寫學位論文時，研究者處理文獻探討時，需要遵守各種學術的規範。

(一) 文獻引用來源

　　文獻探討在引用相關資料時，儘量引用第一手資料，避免過度引用二手資料，尤其是英文資料方面。

(二) 論文總頁數

　　人文社會科學的學位論文，碩士論文儘量在 150 頁上下；博士論文在 250 頁上下。

(三) 文獻引用數量

　　引用文獻時，碩士論文中文部分在 150 筆左右，西文部分在 100 筆左右；博士論文中文部分在 200 筆左右，西文部分在 150 筆左右。

（四）參考文獻的主要來源

　　文獻探討引用的研究文獻，碩士論文儘量參考博士論文或層級更高的論文；博士論文儘量參考層級比較高的論文或國內外權威的期刊論文，例如：教授國科會專案研究報告的論文、國內有關 TSSCI、SCI、SSCI 等級的期刊論文。

（五）辨別參考文獻的重要性

　　參考文獻儘量引用國內外具權威教授的論述或論文，若想了解哪些研究文獻比較重要，建議參考該文獻被引用的次數。

（六）年代順序是一種邏輯關係

　　同一概念（或段落）引用多位學者研究文獻時，建議依據年代順序，由遠而近排列，避免邏輯上的時差問題，例如：張春興（1998）指出、黃政傑（2002）指出、林進材（2024）指出。

（七）文獻引用的格式

　　文獻探討要遵守 APA 格式的規範，並且嚴格的遵守。

（八）圖與文的引用問題

　　文獻探討中的表格與圖引用時，需要詳細加註原作者的出處。

（九）文獻的年代問題

　　除了重要的理論之外，文獻探討最好是引用 10 年內的論述或研究。

圖 3-1

文獻探討撰寫的共同規範

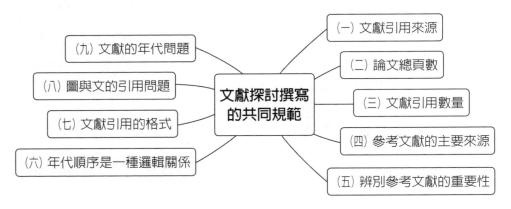

（九）文獻的年代問題

（八）圖與文的引用問題

（七）文獻引用的格式

（六）年代順序是一種邏輯關係

文獻探討撰寫的共同規範

（一）文獻引用來源

（二）論文總頁數

（三）文獻引用數量

（四）參考文獻的主要來源

（五）辨別參考文獻的重要性

二　文獻探討運用的規範

　　文獻探討對於學位論文撰寫，是相當重要的關鍵，透過文獻探討可以提供學位論文研究的重要背景、文獻背景和相關研究詳細訊息。研究者在查閱或引用相關文獻時，可以參考下列的指南：

(一) 引用文獻的時效性

　　學位論文研究在引用文獻時，要選用最新的文獻，避免引用過時或不確定的研究文獻。

(二) 文獻引用的格式

　　文獻探討的引用需要遵守學術寫作的引用風格，例如：APA 格式第七版，確保文獻引用格式的一致，以及學校的要求標準。

(三) 需要系統性的檢閱文獻

論文中的文獻探討應該要有系統性的文獻檢閱，而並非是零零碎碎資料的堆砌，或者一連串文章的排列。研究者應該要依據研究主題和問題，系統而合理地歸納文獻，使之成為系統性的資料。

(四) 多元角度的分析

進行文獻探討時，蒐集的相關資料要能豐富且多元，避免因為研究者所好，將對自己研究不利的資料視而不見，要確保文獻探討應該包括各種不同的觀點、理論、學派與研究取向。

(五) 引述權威的觀點

文獻探討的引用不僅僅要引用權威性的來源，例如：學術期刊、專書、研究報告等，而且不要淪為資料的堆疊或者成為研究者所言之「堆大體」。

(六) 文獻探討的一致性和關聯性

文獻探討時應該要確保引用的文獻和研究者的主題有直接的關係，並且保持引用文獻的一致性，避免將與研究主題無關的文獻或論述納入研究探討中，導致濫竽充數的現象。

(七) 建立清晰的架構

在學位論文的文獻探討中，研究者應該在歸納相關論述之後建立清晰的架構，例如：依據研究主題或時間系列來排列研究文獻，幫助學者理解文獻探討的重點和發展脈絡。

(八) 跨學科與多元的討論

在學位論文研究過程中，如果研究主題是涉及多種學科性質，應該在文獻探討中考慮並且整合相關的文獻，以利進行跨學科與多元的討論，不應該偏頗於固定的學科中。

(九) 注意避免抄襲的問題或現象

文獻探討的歸納撰寫，引用和抄襲僅是一線之隔，如果研究者沒有遵守學位論文引用格式規範，很容易出現抄襲或引用不當的現象。例如：在文獻探討中的格式運用不當，很容易讓他人誤以為自己的摘要、分析與總結是抄襲他人的學術研究成果。

(十) 適當的使用學術語言和風格

學位論文的文獻探討撰寫時，應該要謹慎地使用正式的學術語言，避免有過度口語的現象出現，確保研究者的寫作風格以符合學位論文要求。

學位論文中的文獻探討，雖然是彙整歸納歷年來研究人員的成果與結晶，然而，文獻探討是一個有深度且具有啟發性的部分，可以讓自己的學術研究具有堅實的理論基礎。因此，撰寫文獻探討時需要經常性的練習，透過與指導教授的會談討論，提升自己的學位論文撰寫能力。

圖 3-2
文獻探討運用的規範

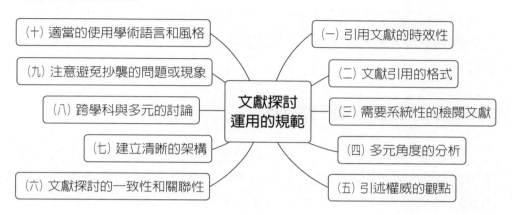

文獻探討
運用的規範

（十）適當的使用學術語言和風格

（九）注意避免抄襲的問題或現象

（八）跨學科與多元的討論

（七）建立清晰的架構

（六）文獻探討的一致性和關聯性

（一）引用文獻的時效性

（二）文獻引用的格式

（三）需要系統性的檢閱文獻

（四）多元角度的分析

（五）引述權威的觀點

三　文獻探討需要考慮的要素

　　學位論文的文獻探討，除了歸納他人的研究成果與論述，以強化自己學位論文研究主題與方向的基礎，同時也是研究者慢慢累積學術研究的能量。因此，在文獻探討時需要考慮的要素如下：

（一）自主思考與分析能力的培養

　　在進行學位論文研究時，在文獻的引述和歸納方面，研究者應該針對自己擬定的研究主題，歸納文獻中的不同觀點，提出自己對文獻的看法，並且說明這些研究文獻的觀點如何支持自己的研究，其主要的原因何在。

(二) 量化與質性研究取向兼顧

在進行文獻探討時，應該要兼顧量化的研究與質性的研究，透過文獻的相似度比對驗證，可以突顯出自己的研究主題之問題意識與重要性。

(三) 文獻的限制與待解決問題

研究者在進行文獻探討時，應該要避免過度視為理所當然的現象，在文獻歸納中除了找出支持研究的觀點，也應該要將現有文獻中的缺口和待解決問題找出來，才能突顯出自己研究的重要性和獨特性。

(四) 學術資料庫的使用與運用

進行學位論文研究，需要透過他人研究的支持，才能在適當的地方進行討論。因此，文獻探討時盡可能使用各種學術資料庫（如各大學圖書館的論文資料庫、臺灣博碩士論文知識加值系統等），以確保研究者可以獲取到最完整的文獻，這些文獻包括學術專書、學術期刊、研討會論文等。

(五) 討論研究方法論的議題

在文獻探討歸納中，研究者應該針對自己關心的主題在過去的研究中所使用的方法論，並且分析確認自己的研究採用方法的合理性和正當性。

(六) 反思文獻的可靠性

在進行文獻探討時，從各種資料庫取得之參考文獻，需要評估該筆文獻的可信度和可靠性，避免將所有文獻納入研究討論中。因此，在蒐集參考文獻之後，應該要討論或評估引用文獻的可靠性和研究文獻的信實度。

(七) 引用文獻的國際視野

任何的學術研究都需要中西並陳、國內外兼顧，避免成為一言堂或是自言自語。因此，在參考文獻的引用方面，建議花一些時間將國內外重要的期刊論文蒐集齊全後再進行文獻歸納，確保自己的文獻探討可以回應國際上的發展趨勢，以及國內的發展現況。

(八) 不同研究方法的綜合運用

進行學位論文研究時，應該避免用一種標準看待存在的各種現象。因此，在研究主題確定之後，應該考慮採用不同的研究方法，並且將不同的研究方法綜合起來，以提供完整且全面的研究視角。例如：在研究國小教師教學效能時，可以考慮採用問卷調查法配合訪談法以掌握國小教師教學效能的現況，並且了解此種現象背後的情境脈絡意義。

(九) 與研究主題直接關聯的必要

在蒐集參考文獻時，研究者要針對自己關心的研究主題，確保文獻探討的內容與自己的研究主題是息息相關的，避免文獻探討的焦點過於廣泛，或者與研究主題無關的論述。

（十）研究關鍵詞與概念的界定

在文獻探討時，對於研究者論文中使用的關鍵詞和概念，應該要進行明確的定義，以確保讀者能理解研究者使用這些術語的涵義，避免讀者閱讀中產生誤解而曲解研究結果與建議。

文獻探討在學位論文研究中很重要，且是一種學術研究的開端，需要研究者具備清晰的邏輯思考、系統化的步驟，為自己的研究提供堅實的理論基礎，從文獻探討中釐清一些基本議題，並建立一種清晰而完整的研究架構。

圖 3-3
文獻探討需要考慮的要素

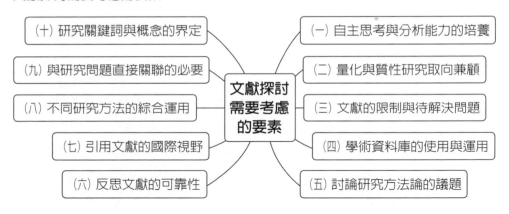

四　文獻探討的構成要素

一般學位論文的研究者會針對研究主題與研究方法，進行重要概念的文獻探討。在文獻探討的構成要素會採用重要概念之意涵，例如：教學效能之意涵內容應該包括教學效能之意義、內涵、相關理

論、模式、評估、研究等方面之文獻探討。

五　重要概念的意義與寫法

學位論文撰寫時，在文獻探討方面，一般會將重要的概念以意涵的方式呈現。例如：連舜華（2022）探討閱讀理解能力教學設計與實施成效，在文獻探討方面，需要探討閱讀理解之意涵，作為論文研究的理論參考。在文獻探討第一節閱讀理解之意涵，說明閱讀理解的意義、內涵、模式、歷程及相關理論。

在閱讀理解之意義部分，需要蒐集國內外有關閱讀理解定義之文獻，國內約 5-8 篇文獻、國外約 5-8 篇文獻，依據年代順序由遠而近排列論述，再進行研究者的綜合歸納。案例 3-1 顯示在重要意義之探討可以引用國內外有關的文獻，最後一段由研究者自行綜合歸納，同時，綜合歸納可以作為第一章名詞釋義有關「閱讀理解」之理論性定義（或概念性定義）。

案例 3-1：文獻探討中重要概念意義的寫法（連舜華，2022）

提升國小學生閱讀理解能力教學設計與實施成效之研究

閱讀理解之意義

近來，認知心理學家與訊息處理論的發展，強調閱讀理解是一個建構的歷程，介入了讀者現存知識與文章中所包含的新訊息之互動（曾陳密桃，1990）。Mayer 在 1986 年即提出閱讀理解必須具備三種知識（林清山，1990）：(1) 內容知識：是指有關文章的主題領域的訊息。如具備及運用先備知識。(2) 策略知識：是指學生所知道的有效學習的程序知識。如在閱讀時做推論及運用文章結構來確定重要的訊息。(3) 後設認知知識：是指閱讀者對他自己的認知歷程以及是否成功的滿足了作業

上的要求之知曉情形。如監控是否充分理解教材內容。

閱讀理解為一連串閱讀技巧的展現（張春興，1996），閱讀理解乃讀者統整文章訊息及本身背景知識，建構出新的心理表徵意義（連啟舜，2002）。閱讀的成分包含了「識字」與「理解」兩個部分。識字是一種重要的基本技能，但是，理解才是閱讀的最終目標，因為唯有理解，才能從文章中獲得意義（柯華葳，2006）。

行為心理學的觀點認為閱讀以文本為中心，是一種單純的轉碼（recode）過程，並非語言或理解的過程（Pearson & Stephens, 1994），讀者被動的解碼（洪月女，2010）。

自二十世紀八〇年代開始，社會建構學派在閱讀研究的重要性日益提高（Gaffney & Anderson, 2000），在傳統認知學派強調的基礎認讀和理解能力之外，很多學者因應現代社會的生活需要和不同工作所需具備的閱讀能力，提出了新的閱讀能力元素（劉潔玲，2009）。因此社會建構學派者重視閱讀的真實生活的社會功能，強調生活上的語文能力應用，以培養學生高層次思考的閱讀能力（簡馨瑩，2011）。

閱讀理解可解釋為分析讀本的文字、運用推論和整合能力，去解讀從讀本所接收到的訊息，以理解讀本或文章所要表達的意義，閱讀理解是一個複雜的心理運作過程。

重要概念的內涵與寫法

學位論文文獻探討之重要概念內涵，指的是學術研究中重要名詞的內涵包括哪些。這些內涵透過文獻歸納之後，後續如果是量化的研究，就是問卷編制的依據；如果是質性研究的話，就是訪談（或經驗敘說）的主要內涵。

（一）重要概念內涵的定義原則

重要概念的內涵，在文獻探討時應該要參考國內外有關名詞的詮釋，將重要的期刊論文之論述整合起來成為研究者關注的重點。

（二）重要概念內涵的寫法

文獻探討重要概念內涵的寫法，要事先蒐集國內外有關的研究報告、期刊論文、專書論述等，將有關的重要概念整理之後，透過文字或圖表說明清楚該重要概念的內涵包括哪些。

案例 3-2：文獻探討中重要概念內涵的寫法（呂坤岳，2024）

國小教師教學信念、教學實踐、教學效能及相關因素之研究

教學效能之內涵

　　有鑑於研究學者對教學效能各有不同的見解與定義，教學效能的內涵也會因此而有所差異，林進材（2002）指出教學效能的研究取向，從有效能的特徵再到有效能教師的教學方法，最後又偏重班級中師生互動的關係，並區分為教師自我效能信念、教材組織與運用、教師教學技術、學習時間的運用、師生關係的建立及班級氣氛的營造等六個重要層面。許籐繼與倪靜宜（2019）將教學效能的內涵歸納為教學計畫、師生互動、教學評量及學習氣氛等四個向度。Yeung 與 Watkins（2000）的研究將教學效能分成教學投入、學生學習需求、師生溝通與關係、學術知識與教學技巧、課程計畫與準備、班級秩序規範、有效的教學行為、教師教學承諾與自我信任感等層面（引自楊素綾，2011）。Collie 等（2012）的研究將教學效能分成引導學生投入學習、班級經營及教學策略等三種向度。

　　研究者進一步分析統整，將教學計畫、教材組織及目標掌握歸納為「教學計畫準備」層面，將教學策略、教學方法、時間運用、教學知能歸納為「教學策略運用」層面，將教學熱忱、師生關係、師生互動、

學習氣氛、班級經營歸納爲「師生關係建立」層面，將教學評量及評量回饋歸納爲「多元評量實施」層面，本研究將教學效能之內涵分成「教學計畫準備」、「教學策略運用」、「師生關係建立」、「多元評量實施」等四個層面，以作爲「教學效能量表」編製之依據。

(三) 重要概念內涵表格化的寫法

文獻探討中的重要概念內涵的寫法，也可以將相關資料以表格化的方式呈現，說明目前文獻中有關重要概念的內容有哪些，依據年代順序排列之後，再進行綜合歸納。

案例 3-3：文獻探討中重要概念內涵表格化的寫法（呂坤岳，2024）

國小教師教學信念、教學實踐、教學效能及相關因素之研究

教學效能之內涵

教學效能內涵摘要表

研究者（年代）	教學效能的內涵
孫國華（2014）	教學效能包含組織教材、教學策略、師生互動及多元評量等層面。
廖修寬（2017）	教學效能涵蓋自我效能、有效教學及班級經等層面。
蘇聖富（2017）	教學效能包括策略、互動及評量等層面。
許瑞芳（2018）	教學效能包含教學計畫、教學策略、師生互動與學習氣氛等層面。
王仁志（2019）	教學效能包含教學策略、教學經營、教學內容、教學評量與教學準備等層面。
黃丞傑（2020）	教學效能包括學習成效、師生互動、教學知能、專業實踐及教學熱忱等層面。
廖志家（2021）	教學效能包括擬定教學計畫、實施教學策略、師生互動情形及進行教學評量等層面。

研究者（年代）	教學效能的內涵
陳忠明（2022）	教學效能包括教學計畫準備、多元教學技術、善用教學評量、良好師生關係及建立學習氣氛等層面。

（四）重要概念內涵以圖示方式呈現的寫法

　　重要概念之內涵的寫法，也可以用圖示方式呈現出來，透過圖示方式說明重要概念包括哪些內涵、哪些層面。案例 3-4 透過圖示方式說明學校領導之內涵，包括願景與目標、策略與行動、溝通與協調、

案例 3-4：文獻探討中重要概念內涵圖示的寫法（李世賢，2024）

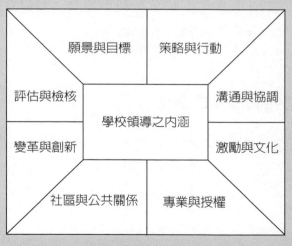

偏鄉學校國小校長學校領導模式與檢證之經驗敘說研究

學校領導之內涵

學校領導之內涵圖

願景與目標	策略與行動
評估與檢核	溝通與協調
學校領導之內涵	
變革與創新	激勵與文化
社區與公共關係	專業與授權

資料來源：研究者整理。

激勵與文化、專業與授權、社區與公共關係、變革與創新、評估與檢核等八個層面。如果學術研究方法採用量化研究，就需要針對這八個層面的論述編成問卷調查；如果是質性研究，就需要蒐集這八個層面的語料、訪談、文件等質性資料。

七　重要概念的相關理論與寫法

(一) 重要概念相關理論的歸納

文獻探討中重要概念的相關理論，主要是支持學位論文研究的理論基礎，透過相關理論的探討，可以了解學術研究現象的情境脈絡，以及需要掌握的重點。在重要概念的歸納撰寫時，要注意「相關理論」、「理論基礎」、「策略與方法」等方面的差異，千萬不要將「馮精」當「馬青」，以免降低論文的品質。以呂坤岳（2024）論文為例，在探討國小教師教學信念、教學實踐、教學效能時，需要將這三個重要概念的相關理論進行詳細的探討，才能在研究過程中掌握重要的意義和理念。

(二) 重要概念相關理論的寫法

在重要概念的相關理論文獻探討時，具體的作法是參考他人的論文中相關的主題理論基礎，進而歸納成為自己文獻探討中的相關理論。

案例 3-5：文獻探討中重要概念相關理論的寫法（呂坤岳，2024）

國小教師教學信念、教學實踐、教學效能及相關因素之研究

教學效能相關理論
(一) Bandura 的「相互決定論」
(二) 教師效能三元模式理論
(三) 教師效能感模式理論

八　重要概念的類型歸納與寫法

　　文獻探討在重要概念的類型歸納方面，需要將國內外相關的研究進行蒐集與綜合歸納，才能掌握重要概念的類型，釐清這些概念的重要內涵意義。以李世賢（2024）偏鄉學校國小校長學校領導模式與檢證之經驗敘說研究為例，在學校領導的理論類型的寫法，參見案例 3-6，主要是將文獻中有關校長領導的理論模式進行分類與綜合歸納。

案例 3-6：文獻探討中重要概念類型的寫法（李世賢，2024）

偏鄉學校國小校長學校領導模式與檢證之經驗敘說研究

學校領導之類型
1. 願景領導（vision leadership）
2. 課程領導（curriculum leadership）
3. 教學領導（instructional leadership）
4. 分布式領導（distributed leadership）
5. 文化領導（cultural leadership）
6. 服務領導（servant leadership）

7. 創新領導（innovative leadership）
8. 空間領導（space leadership）
9. 行政領導（administration leadership）

九　重要概念的模式歸納與寫法

　　文獻探討中重要概念的模式，主要是依據重要概念的相關理論而來，在模式的綜合歸納方面，需要蒐集國內外的研究、期刊、論述等，才能整合重要概念的模式。案例 3-7 的寫法是將重要概念模式以表格的方式呈現，另外在適當地方說明不同類型的模式、主張的重點和觀點；案例 3-8 連舜華（2022）在閱讀理解模式方面的分析，主要是依據相關的理論探討，進而整合出四種閱讀理解模式，作為課堂教學設計的參考。

案例 3-7：文獻探討中重要概念模式的寫法（廖松圳，2024）

實驗小學校長學校領導模式建立與檢證之個案研究

校長學校領導模式分類

領導模式分類彙整表

Bryman（1992） 領導模式四個分期	1. 特質論（1940 以前） 2. 行為論（1940-1960） 3. 權變論（1960-1980） 4. 新型領導理論（1980 以後）
單層面領導模式 Lewin、Lippitt & White（1943）	1. 權威 2. 民主 3. 放任

雙層面領導模式 Halpin & Winen（1957）	1. 高關懷高倡導 2. 高關懷低倡導 3. 低關懷高倡導 4. 低關懷低倡導
三層面領導行為 Reddin（1970）	1. 綜合型──高工作高關係 2. 奉獻型──高工作低關係 3. 關係型──低工作高關係 4. 分離型──低工作低關係
張慶勳（2004）	公共關係取向（政治型、人和型、象牙塔型） 權力運用取向（威權管理型、民主開放型、放任型） 任務─關懷取向（人性關懷型、工作任務型）

資料來源：研究者整理。

案例 3-8：文獻探討中重要概念模式的寫法（連舜華，2022）

提升國小學生閱讀理解能力教學設計與實施成效之研究

閱讀理解模式

　　閱讀理解是整個閱讀歷程中一個很重要的環節，閱讀歷程中首要目的，在於理解文字的意義與讀本的內容。因此進行閱讀時，讀者都要和自己的先備知識與經驗相結合，以理解文章之內容，並從中獲取新知。從認知心理學訊息處理模式的觀點，就訊息流動方向對閱讀理解提出解釋與說明，各時期學者們研究重點有所不同，提出許多閱讀理解模式，以描述人們了解文字語言的歷程，因此產生不同的閱讀理解模式，說明如下（李燕妮，2007；林清山譯，1990；林麗淑，2014；洪月女譯，1998；莊淑雅，2012）：

（一）由下而上模式（bottom-up model）

（二）由上而下模式（top-down model）

（三）交互模式（interactive model）

（四）建構統整模式（construction-integration model）

重要概念的評估與寫法

　　在學位論文中文獻探討之重要概念評估，指的是這個概念在研究過程中，需要透過哪些系統、哪些測驗、哪些工具、哪些方法才能評估其成效。因此，研究者要從國內外的相關研究中，了解研究者都是透過哪一種方法的評估，才能說明這個概念（或能力）上，受試者的能力或展現出來的成效。案例 3-9 主要是依據學習成效的評估方法所彙整出來的二種主要評估方法。

案例 3-9：文獻探討中重要概念評估的寫法（林珮婕，2022）

> **共同學習法融入國小一年級數學領域教學對學生學習動機與學習成效之行動研究**
>
> **學習成效之評估**
> 　　學習成效的評估是一套系統化的設計，藉由蒐集學生學習歷程的相關資料，包括課程教學前、中、後期各項學習行為表現，了解學生獲得學習成效的過程，是判斷學生學習成效的重要指標，亦作為課程規劃和學習活動安排的評斷依據（彭耀平、陳榮政、何希慧，2018；黃淑玲、池俊吉，2010；Snyder, Raben, & Farr, 1980）。
> （一）Bloom 的認知領域目標
> （二）Kirkpatrick 學習評估模式

重要概念相關研究的歸納與寫法

　　學位論文中的文獻探討在相關研究的彙整與寫法上，需要依據不同的研究取向，而採用適當的歸納和寫法。當研究主題和方法確定之後，在文獻探討之前，要先蒐集該主題（或類似主題）國內外目前的研究現況和發展，了解這個主題的研究發展情形，以前人的研究作為參考的依據。量化與質性的研究在相關研究綜合歸納之後，需要作為論文第四章研究結果分析與討論的依據，因此，在第二章文獻探討的相關研究時，就需要依據不同性質做分類。如此，在第四章研究結果分析與討論時，才不必多更多的時間做相關研究的佐證說明。

（一）量化研究的歸納與寫法

　　在相關研究的彙整與綜合歸納方面，研究者可以上就讀的研究所網站，或者臺灣學術論文網站（如臺灣博碩士論文知識加值系統）、學校圖書館期刊論文資料庫網站等，透過關鍵字的查詢，瀏覽關鍵主題目前的研究現況與趨勢。案例 3-10 相關研究綜合歸納之後，採用幾個不同變項分析研究結論，這些變項包括不同性別、不同年齡、不同學歷、不同教學年資、不同職務、不同學校規模、不同學校區域等七個變項，主要是研究者在問卷調查之後，第四章的研究結果分析與討論會依據這七個變項做分析與討論，屆時主要從相關研究的綜合分析擷取結論就可以進行討論。

案例 3-10：文獻探討中重要概念量化相關研究的歸納與寫法（呂坤岳，2024）

國小教師教學信念、教學實踐、教學效能及相關因素之研究

教學效能之相關研究

1. 不同性別的影響

從國內的研究發現，有些研究結果呈現顯著差異（吳國銘，2019；林淑慎，2022；陳忠明，2022；王婷筠，2023；麥美雲，2023），部分研究則呈現無顯著差異（曾信榮，2010；楊素綾，2011；孫國華，2014；蘇聖富，2017；許瑞芳，2018；陳添丁，2018；林宏泰，2019；黃丞傑，2020；陳淑卿，2022）。由於性別的不同，男性與女性在成長過程中，會經歷不同的學習經驗，在社會職場上的角色也有所差異，因此不同性別的教師對教學效能之影響是否有顯著差異，將是本研究所探討的變項之一。

2. 不同年齡的影響

從國內的研究發現，有些研究結果在不同的年齡上會呈現顯著差異（曾信榮，2010；蘇聖富，2017；吳國銘，2019；林宏泰，2019；陳忠明，2022），部分研究結果則無顯著差異（楊素綾，2011；許瑞芳，2018；陳添丁，2018；黃丞傑，2020）。由於年齡的不同，教師隨著年紀的增長，面對各項人事物的處理方式與觀念也有所差異，因此不同年齡的教師對教學效能之影響是否有顯著差異，將是本研究所探討的變項之一。

3. 不同學歷的影響

從國內的研究發現，有些研究結果在不同學歷上會呈現顯著差異（曾信榮，2010；林宏泰，2019；鄭碧雲，2019；黃丞傑，2020；林淑慎，2022；陳淑卿，2022；蘇明祥，2023），部分研究結果則無顯著差異（楊素綾，2011；孫國華，2014；蘇聖富，2017；許瑞芳，2018；陳添丁，2018；吳國銘，2019；陳麗玉，2020；陳忠明，2022）。由於學歷的不同，教師在各求學階段所汲取的教學知能或從事學術研究的質與量也有所差異，因此不同學歷的教師對教學效能之影響是否有顯著差異，將是本研究所探討的變項之一。

4. 不同教學年資的影響

從國內的研究發現，有些研究結果在不同的教學年資上會呈現顯著差異（蘇聖富，2017；陳添丁，2018；鄭碧雲，2019；黃丞傑，2020；林淑慎，2022；陳忠明，2022；陳淑卿，2022），部分研究結果則無顯著差異（曾信榮，2010；楊素綾，2011；孫國華，2014；許瑞芳，2018；吳國銘，2019；林宏泰，2019；陳麗玉，2020）。由於教學年資的不同，教師隨著逐年的教學實務經驗累積，在面對親師生之間的教育觀點也有所差異，因此不同教學年資的教師對教學效能之影響是否有顯著差異，將是本研究所探討的變項之一。

5. 不同職務的影響

從國內的研究發現，有些研究結果在不同的職務上會呈現顯著差異（孫國華，2014；林宏泰，2019；黃丞傑，2020；林淑慎，2022；陳忠明，2022；陳淑卿，2022；蘇明祥，2023），部分研究結果則無顯著差異（曾信榮，2010；蘇聖富，2017；許瑞芳，2018；陳添丁，2018；鄭碧雲，2019）。由於在學校擔任職務的不同，教師行政業務及教學任務之間的投入度也有所差異，因此不同職務的教師對教學效能之影響是否有顯著差異，將是本研究所探討的變項之一。

6. 不同學校規模的影響

從國內的研究發現，有些研究結果在不同學校規模上會呈現顯著差異（曾信榮，2010；蘇聖富，2017；黃丞傑，2020；林淑慎，2022；陳忠明，2022；陳淑卿，2022），部分研究結果則無顯著差異（孫國華，2014；許瑞芳，2018；陳添丁，2018；吳國銘，2019；林宏泰，2019）。由於學校規模的不同，教師在面對班級數與學生數的多寡，所付出的心力與教學熱忱也有所差異，因此不同學校規模的教師對教學效能之影響是否有顯著差異，將是本研究所探討的變項之一。

7. 不同學校區域的影響

從國內的研究發現，有些研究結果在不同學校區域上會呈現顯著差異（楊素綾，2011；陳添丁，2018；林宏泰，2019），部分研究結果則無顯著差異（曾信榮，2010；許瑞芳，2018；吳國銘，2019；黃丞傑，2020；陳忠明，2022）。由於學校區域的不同，教師在面對城鄉所造成的軟硬體實力差距也有所差異，因此不同學校區域的教師對教學效能之影響是否有顯著差異，將是本研究所探討的變項之一。

國內相關研究一覽表

研究者（年代）	研究主題	研究對象	研究方法	研究結果
蘇聖富（2017）	國小教師參與專業學習社群態度、心理資本、主觀幸福感與教學效能關係之研究	920 位國小教師	問卷調查研究	1. 國小教師專業學習社群態度、心理資本、主觀幸福感、教學效能等現況中上程度。 2. 國小教師專業學習社群態度會因其學校規模之不同而有顯著差異，心理資本會因其性別、年齡、服務年資、職務之不同而有顯著差異。 3. 主觀幸福感因其不同年齡、服務年資之不同而有顯著差異。 4. 教學效能因其不同年齡、學校規模之不同而有顯著差異。 5. 參與專業學習社群態度、心理資本、主觀幸福感和教學效能各分層面與整體層面間大多為顯著正相關。 6. 教師專業學習社群態度可以透過心理資本的中介作用影響教學效能。 7. 教師專業學習社群態度可以透過心理資本與主觀幸福感的中介作用影響教學效能。
吳國銘（2019）	國民小學校長學習領導與教師教學效能及學生學習成就之關係研究	391 位國小五年級教師	問卷調查研究	1. 國民小學校長學習領導以及教師教學效能呈現高度水準。 2. 不同性別、學校地區、學校年齡、學校規模之國民小學教師知覺校長學習領導有顯著差異，但在年齡、教育程度、教學年資、學校位置並沒有顯著差異。 3. 不同年齡國民小學教師知覺教學效能有顯著差異，但性別、教育程度、教學年資皆無顯著差異。在學校地區、年齡、位置、規模之國民小學教師教學效能未發現有顯著差異。 4. 不同性別國民小學教師之學生學習成就具有顯著差異，但教師的年齡、教育程度及教學年資皆無顯著差異。不同學校地區、校齡、位置

研究者 （年代）	研究主題	研究對象	研究方法	研究結果
				及規模之學生學習成就有顯著差異。 5.國民小學校長學習領導與教師教學效能之間呈現中度正相關；「校長學習領導」之「建立願景」、「績效責任」與「國語文學習成就」及「績效責任」和「總體學習成就」呈現低度負相關；「教師教學效能」之「多元的教學策略」與「總體學習成就」呈現低度正相關。 6.國民小學校長學習領導對教師教學效能具有預測作用，其中以「資源整合」構面的預測力最佳；校長學習領導對學生學習成就預測功能偏弱，其中以「專業成長」構面的預測力最佳。教師教學效能對學生學習成就具有預測作用，而以「系統呈現教材」的預測力最佳。 7.國民小學校長學習領導是透過教師教學效能影響學生學習成就，顯示教師教學效能在此模式中具有完全中介效果。
陳麗玉 （2020）	高中教師工作投入、情緒勞務、教學創新與教學效能之徑路模式探析	500位高中教師	問卷調查研究	1.高中教師工作投入、情緒勞務、教學創新與教學效能之現況均在中上程度。 2.部分不同背景因素在高中教師工作投入、情緒勞務、教學創新與教學效能有所差異，其性別在工作投入「工作認同」方面有差異、年齡在工作投入與情緒勞務有差別，擔任職務在工作投入與教學創新方面有差別。 3.高中教師工作投入、情緒勞務、教學創新與教學效能間有正向關聯。 4.高中教師工作投入、情緒勞務、教學創新能正向預測教學效能。高中教師的自然流露、教學方法創新、

研究者 （年代）	研究主題	研究對象	研究方法	研究結果
				工作專注、教學評量創新、班級經營創新能解釋教學效能。 5. 高中教師工作投入、情緒勞務、教學創新與教學效能間有預測徑路關係。高中教師工作投入透過情緒勞務與教學創新預測教學效能。
曾如敏 （2022）	國中學生英語學習態度、英語學習滿意度與覺知教師教學效能關係之研究	360 位國中學生	問卷調查研究	1. 國中學生英語學習態度整體及各向度呈現中上的程度，其中又以「完成作業」得分高，「教師教學」得分最低。 2. 國中學生英語學習滿意度學生參與整體及各向度呈現中低的程度，其中又以「英語教師教學」得分最高，「學生人際互動」得分最低。 3. 國中學生覺知教師教學效能整體及各向度呈現中低程度，其中以「多元有效教學技術」得分最高，「有效運用教學時間」得分最低。 4. 國中學生英語學習態度、國中學生英語學習滿意和覺知教師教學效能的關係三者之間，兩兩具有正相關。 5. 國中學生英語學習態度與國中學生英語學習滿意度與各向度對覺知教師教學效能的適配性檢定獲得驗證支持，能解釋主要變項間之關係。
劉佳鎮 （2023）	臺灣國民中小學雙語體育教學效能評估指標之建構	15 位專家委員	文獻分析、德懷術、問卷調查研究	1. 雙語體育教學效能評估指標含有教師專業教學知能、教師學科及語言專業程度、教師課程設計與教學能力、班級經營能力與多元評量與教師指導及回饋等五個構面，共 35 個評估指標。 2. 雙語體育教學效能評估指標，皆具有相當程度的重要性，其中最被重視的構面是教師課程設計與教學能力。

研究者 （年代）	研究主題	研究對象	研究方法	研究結果
				3. 雙語體育教學效能評估指標，其相對權重前三名分別為：年資至少 3 年以上且每週至少教授 3 節體育課、體育運動相關系所畢業或取得大專校院體育相關系所進修 8 學分以上之體育教師、教師具備正確動作示範與指導能力。

（二）質性研究的歸納與寫法

在文獻探討相關研究中，採用質性研究取向的論文，相關研究歸納與寫法和量化研究不同之處，在於質性研究不必依據變項的類別而做結果分析與討論，只要依據研究問題就可以。按 3-11 黃彥鈞（2021）的論文屬於經驗敘說，在研究結果分析與討論方面不必依據研究變項進行討論，因此，只要做研究主題、研究樣本、研究方法、研究結果、研究趨勢分析就可以。

案例 3-11：文獻探討中重要概念質性相關研究的歸納與寫法（黃彥鈞，2021）

實驗小學校長課程領導模式建立與驗證之經驗敘說研究

校長課程領導相關研究

本研究主要目的在於探討實驗小學校長課程領導歷程、現況、困境與因應策略等，透過研究者實踐經驗敘說方法，將實驗小學校長課程領導歷程及情境脈絡，完整且翔實的論述並提出試驗性模式，提供學術研究與學校領導實踐參酌。有關校長課程領導與學校發展相關研究，如表：

校長課程領導與學校課程發展相關研究表

研究者	研究主題	研究樣本	研究方法	研究主要發現與建議
曾榮華 （2006）	一位國民小學校長課程領導實踐智慧之研究：課程美學探究取向	個案國民小學校長	訪談法、文件分析法、參與觀察法	1.校長進行課程領導須具有批判教育學觀。 2.緩慢課程領導，可以找到領導者與組織同樣的步調。 3.課程發展各階段有其成長的動力，也有危機，校長課程領導的角色是全面的。 4.校長課程領導實踐智慧的展現是基於對教育合理性的追求，對當下教育情境的感知。
齊宗豫 （2013）	校長作為課程領導者的反思與追尋：一位國小校長的自傳俗民誌	個案校長	自傳俗民誌	1.課程領導思考實踐課程領導的能動性。 2.關係脈絡中的自我認同：自我選擇、與教師的專業合作關係以及學校發展等三個層面的交互作用關係而形成的。 3.實務觀點的課程領導者任務：(1) 認識課程發展的環境；(2) 協調課程設計的活動；(3) 學習為中心的課程領導目的；(4) 建構改善課程的路徑；(5) 課程領導者為主軸的校長角色。
劉淑芬 （2015）	探尋桃花源～追尋我課程領導的實踐知識之敘事探究	個案自己	敘事探究法	1.「從心出發」，編織心靈交會、共同夢想的願景學校。 2.「盡其在我」，專業領航校長課程領導角色與內涵。 3.「美美與共」，實踐轉化型課程領導合作模式。 4.「超越己定」，開拓創新求變的課程領導新視野。
鄒靜怡 （2018）	一位國民小學校長課程領導之個案研究	個案校長	個案研究法	1.影響個案校長學校本位課程領導的因素分為校長個人因素、學校內部因素與學校外在因素三方面。 2.陽光校長的學校本位課程領導歷程分為醞釀萌芽期、發展創造期、穩定合作期三階段。

研究者	研究主題	研究樣本	研究方法	研究主要發現與建議
				3. 陽光校長的學校本位課程領導各個階段有其挑戰，善用課程領導策略得以排除困境。
潘致惠（2019）	行動智慧導向的校長課程領導與校訂課程發展之研究	個案校長	行動研究法	1. 行動智慧導向的校長課程領導與校訂課程發展，可以解決困境、創發策略。 2. 行動智慧導向的校長課程領導可以提升教師專業與校務工作的發展。 3. 行動智慧導向的校訂課程發展可以啟發學生潛能營造學校本位特色。
方正一（2019）	混齡教學與課程領導之研究——一位偏鄉國小校長之觀點	個案校長	自我敘說	1. 校長課程領導的策略會隨著混齡教學不同的發展階段展現出多元面貌。 2. 混齡教學與課程領導重視理論與實務的結合，但需注意師生的個別化因素。 3. 混齡教學課程領導者要懂得拿捏「人」與「課程」的平衡點。
曾煥淦（2020）	臺灣實驗學校校長轉化型課程領導之個案研究	三所學校校長、主任、組長與教師	質性研究	1. 個案實驗學校校長透過轉化型的課程領導行為，能有效改變教師教學意識、課程發展機制與學校文化，從而建立不同於主流教育的課程典範，並構築臺灣實驗學校校長轉化型課程領導模式。 2. 實驗學校校長基於辦學動機、教育理念與學校背景脈絡等要素，覺察並澄清學校轉型發展之影響因素，透過對話與溝通，共塑課程願景；再以課程願景為核心擴散出轉化型的教學、課程設計、課程評鑑與學校文化等範疇之領導作為，經由交互作用而形成影響學生學習與學校成果之領導成效，引領學校成功轉型。

研究者	研究主題	研究樣本	研究方法	研究主要發現與建議
程文頤 （2021）	校長課程領導與學校本位課程發展之研究：以偏鄉 J 校為例	偏鄉小學的校長和教師	個案研究法、訪談	1.個案學校校長基於對教導主任的專業信任，賦予教導主任課程發展的權力。因此，個案學校的課程領導者實為教導主任，校長擔任支援性的角色。 2.個案學校因地處偏遠以及學校規模的因素，所以個案學校在發展學校本位課程時，由教導主任先規劃課程架構，再由教師各自完成負責的課程內容。 3.個案學校因教師配置關係，使得部分專長教師只有一位，加上成員擔任多重職務的因素，成員間難有共同的空堂時間，所以校長課程領導和學校本位課程缺乏課程回饋機制。

(一) 研究主題方面

　　有關校長課程領導與學校課程發展研究，從 2006 年起在研究主題方面，包括課程領導實踐智慧、課程領導者的反思與追尋、課程領導與教學領導、課程領導之實踐知識、課程領導建構、課程領導知識與脈絡、課程教學領導延伸之意義及其發展之情境脈絡等，相關的議題主要聚焦在於校長針對學校教育發展與課程教學領導等，進行相關的學理探究與實踐智慧方面的研究。

(二) 研究樣本分析

　　課程領導相關研究多以個案研究居多，研究樣本學校的選擇以理念學校、卓越學校作為個案的選取，研究對象以校長本身的經驗敘說及個案為探討對象，其次透過該校的成員的訪談及學校相關文件分析來釐清探討校長課程領導相關的研究。

(三) 研究方法分析

　　有關校長課程領導相關研究之研究方法，以質性研究法為主，特別是針對個案進行研究。首先，透過文獻分析擬定研究主軸，研究者以個案本身作為研究對象，採取自我敘說、自傳俗民誌、敘事探究法為主；

研究對象為其他個案就以半結構式訪談、訪談法、文件分析法、參與觀察法為主。

(四) 研究結論分析

從眾多有關校長課程領導相關研究論文可發現下列重點：

1. 校長領導角色具批判教育學觀，課程發展各階段有其成長的動力，也有危機；校長課程領導的角色是全面的，是基於教育合理性的追求，對當下教育情境的感知。

2. 校長進行課程與教學領導時，充分發揮正向的人格特質，能夠持續自我學習，並培養良好的人際關係互動，才能得到教師的信任與肯定。

3. 校長領導策略根據學校特色落實學校願景，以專業領導學校，促進課程的深度與廣度，並有效整合學校與社區資源，全面提升課程品質，透過兼顧形成性評鑑與總結性評鑑，建構不斷循環的評鑑系統，持續回饋修訂學校課程。

4. 校長促進課程創新擴散所使用的領導作為：(1) 帶領教師認識課程改革脈絡與教育相關理論建立願景；(2) 藉由課程領導與教學領導提升教師專業能力贏得專業信任感；(3) 透過堅定態度與親身參與展現課程決心；(4) 建構支持課程發展與實施的友善環境；(5) 隨著環境人員改變修改領導策略。

5. 課程領導模式有民主式領導、賦權增能、帶領團隊實施課程發展、緩慢課程領導找到領導者與組織同樣的步調、課程領導實踐智慧的展現、「從心出發、盡其在我、美美與共、超越己定」的課程美學、行動智慧導向的校長課程領導。

6. 校長需敏察與省思個人的課程觀、組織結構與文化、教師、學生、家長與社區等因素之交互作用，將影響校長課程領導之作為，透過校長持續的自我反思與行動，逐步構築同行共學的學校。

(五) 研究趨勢分析

從近 5 年相關研究發現，有關課程領導相關研究主題趨勢在於針對不同教育制度、課程發展理念、學校的校本課程發展作為研究的趨勢，藉此在於制度、政策的改變之下，校長如何扮演校長領導的角色及相關策略，實現教育目標。

十二　文獻中的表與圖的歸納與寫法

在學位論文中的文獻探討，有關表和圖的呈現，建議依據 APA 格式規範撰寫就可以。如果遇到英文的圖或表，則建議研究者翻成中文，並且引註引用來源全文。

(一) 表的歸納與寫法

文獻中表的歸納包括數字、定義、內涵、相關研究等，在製作表格時需要清晰且容易看得出表格所要表示的意涵。

案例 3-11：文獻探討中重要概念表的製作（呂坤岳，2024）

國小教師教學信念、教學實踐、教學效能及相關因素之研究

表 2-1
教學實踐定義摘要表

研究者（年代）	教學實踐的定義
潘義祥（2004）	教學實踐是教師在從事教學時，對教學工作實際實踐的行為。
邢小萍（2011）	教學實踐是教師透過實踐行動過程中省思，關照自己的教學信念，學科知識基礎、價值，透過創新的教學活動及策略與學習者共同建構合宜的教學及學習活動。
吳淳肅（2014）	教學實踐是教師的教學信念以及對課程看法影響其課程設計與教學策略的運用，透過學生的回饋及自身的教學省思檢視之過程。
賴碧美（2018）	教學實踐是教師提升學生學習動機和改善學生學業成就的歷程，更是教師展現教學熱忱、專業和創意巧思，以及鷹架學生夢想與實現理想的旅程。
張毓娟（2019）	教學實踐是教師秉持個人教學信念觀點，將教學目標付諸實現於主題教學歷程與學習活動中，且於教學行動實施歷程進行批判反思的循環辯證。

(二) 圖的歸納與寫法

　　文獻探討中圖的歸納與寫法要以清晰的圖貌和符號，讓讀者可以快速地掌握圖所要表達的意思。此外，圖的引註需要將全文引用之處清楚明白的註記下來。

案例 3-12：文獻探討中重要概念圖的製作（呂坤岳，2024）

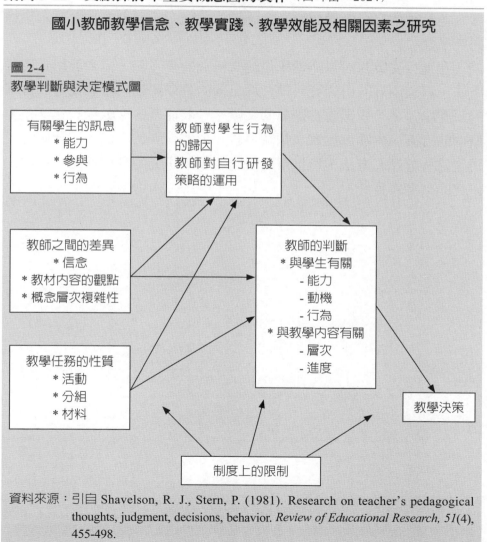

國小教師教學信念、教學實踐、教學效能及相關因素之研究

圖 2-4
教學判斷與決定模式圖

資料來源：引自 Shavelson, R. J., Stern, P. (1981). Research on teacher's pedagogical thoughts, judgment, decisions, behavior. *Review of Educational Research, 51*(4), 455-498.

過來人的叮嚀與建議

　　文獻探討是學位論文研究撰寫的靈魂，也是研究者構思論文研究主題方法的重要關鍵，透過文獻探討可以了解自己關心的議題在目前國內外的研究發展趨勢，從文獻探討中梳理出自己的研究主題與方法，並且評估自己的構想是否合乎邏輯，在方法論上面是否符合學術研究所需。

　　在進行文獻探討以作為學位論文研究的參考時，需要運用正確的方法，將國內外的研究資料做合理正確的分類歸納，才能從各式各樣的研究論述中，找出真正需要的文獻。一般而言，文獻探討包括重要概念的意義、內涵、模式、相關理論、模式、評估方法、相關研究，透過這些分類的方法，可以幫助研究者釐清研究的各種概念，描繪出研究的架構與實踐。

第四章

論文研究方法與
設計內容的寫法

6 研究或實驗方案的設計與寫法

7 資料處理和分析與寫法

8 研究倫理與寫法

9 質與量研究法轉化

10 過來人的叮嚀與建議

第四章
論文研究方法
與設計的寫法

1 研究方法的類型與運用

2 研究方法的運用與寫法

3 研究架構與假設的構成與寫法

4 研究對象之描述與寫法

5 研究工具的編製與寫法

學位論文研究設計與實施，主要是討論研究採用的方法、研究對象、研究情境、研究變項、研究實施、研究工具、研究信實度、研究倫理等方面的議題，讓讀者了解研究者在解決問題時，有關資料的蒐集與分析。

一 研究方法的類型與運用

在學位論文研究方法的採用，可以依據研究者感興趣或有能力完成的研究主題，透過文獻探討閱讀之後，選擇適合的研究方法。一般的學位論文可以考慮選擇下列幾種研究方法（王文科、王智弘，2022）：

(一) 問卷調查法

主要是透過問卷設計，蒐集研究對象的現況、態度、想法等方面的訊息，作為研究統計分析與結論建議的依據。例如：臺南市國小教師教學效能及相關因素之調查研究。

(二) 觀察研究法

觀察研究法分成參與觀察法、非參與觀察法，是透過研究者對研究對象的觀察，蒐集研究者感興趣的資料，進而分析歸納資料的研究方法。例如：國小教師班級教學與學生互動之研究——一個國小教室的觀察。

(三) 個案研究法

個案研究法是為了決定導致個人、團體或機構之狀態或行為的因素，或諸因素之間的關係，而對此研究對象做深入探究。例如：實驗小學校長學校領導模式與成效檢證之個案研究。

(四) 歷史研究法

歷史研究法是有系統地蒐集及客觀地評鑑與過去發生之事件有關的資料，以考驗哪些事件的因、果或趨勢，以利提出準確的描述與解釋，進而有助於解釋現況以及預測未來的一種歷程。例如：我國高中導師制度的發展歷史──制度的建立與轉變分析。

(五) 內容分析法

內容分析法主要是針對研究者感到興趣的主題，進而透過文件分析（或書面資料等）蒐集相關的資料，作為研究歸納並提出相關的建議之研究方法。例如：中國班主任培育課程之內容分析。

(六) 人種誌研究法

人種誌研究法是屬於質性的研究取向，了解固定的教育現象（或人）在自然情境中發生的思想意義、感受、信念、價值觀、行動及相關因素。例如：國民小學學生學習生態之人種誌研究。

(七) 相關研究法

相關研究法主要是研究者想要了解二個（或以上）變項之間的關係，透過資料的蒐集統計分析變項與變項之間的關聯性。例如：國小教師教學信念與教學實踐相關之研究。

(八) 文件分析法

文件分析法主要是研究者想要從文件內容了解某一時期發生的事件（或人士）之來龍去脈，透過文件分析法的採用，可以蒐集有關的訊息，作爲分析的參考架構。例如：我國教育改革之課程演變及相關因素研究。

(九) 經驗敘說法

經驗敘說研究法，主要是透過研究者自身的經驗，分享自己的實施或經歷的經驗，進而提出相關的結論與建議。例如：實驗小學校長課程領導模式與成效檢證之經驗敘說研究。

(十) 實驗研究法

實驗研究法是用來考驗有關「因─果關係」之假設的方法，也是解決教育理論與實際運用的問題之研究方法。例如：國小提升學生閱讀理解能力教學設計與實踐之實驗研究。

(十一) 行動研究法

行動研究法主要用意在於研究者於教育現場發現問題，針對問題進行分析，找出解決問題可行之理論（或策略），進而在教育現場解決問題之用。因此，行動研究法不強調理論的發展，也不著重普遍的應用。例如：臺南市國小中年級班級經營策略運用之行動研究。

(十二) 事後回溯研究法

事後回溯研究法主要是透過研究對象，針對某一固定主題或人事物，進行事後回溯資料的分析歸納，以解釋研究主題的方法。例如：

偏鄉國民小學教師專業成長歷程之回溯研究。

(十三) 德懷術研究法

德懷術研究法（或焦點團體座談）主要是研究者想要建立教育議題的指標或評鑑指標，邀請相關專業人員針對教育指標提供意見的研究方法。例如：國小音樂課程美學評鑑指標建構與檢證。

(十四) 其他研究法

除了上述的研究方法之外，研究者可以依據自己關心的主題、熟悉的方法等，採用比較適合的研究方法。例如：案例分析法、縱貫式研究法等。

圖 4-1
研究方法的類型

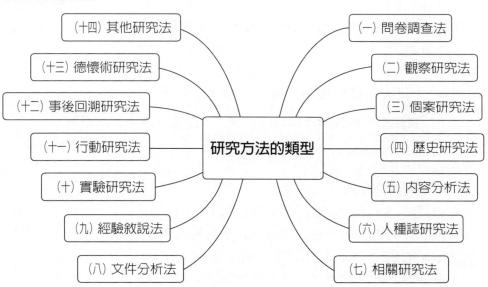

二 研究方法的運用與寫法

在決定研究主題和方法之後，研究者就需要系統地蒐集國內外的研究文獻，了解研究主題和方向在過去有哪些重要的研究、有什麼重要的發現、有哪些研究結論等，作為學位論文研究方法選擇的參考。一般來說，在論文第三章研究設計與實施，要針對研究方法本身進行詳細的論述說明。例如：採用問卷調查法的學位論文，在研究方法的運用方面，需要包括研究方法之意義、實施步驟、優缺點、採用研究方法之原因等。

(一) 研究方法之意義與寫法

在研究方法之意義方面，研究者需要引用教育研究的專書，指出這個研究方法的意義並且加以歸納，尤其是比較新或少見的研究方法。例如：經驗敘說、文件分析等研究方法。案例 4-1 黃彥鈞採用的是經驗敘說，因此在研究方法部分，需要針對經驗敘說分析這個研究方法的意義。

案例 4-1：研究設計與實施之研究法意義的寫法（黃彥鈞，2022）

實驗小學校長課程領導模式建立與驗證之經驗敘說研究

經驗敘說研究法之意義
一、經驗敘說之意涵

敘說（narrative）被許多學者認為是故事（story），Polkinghorne（1988）認為敘說是一種以故事形式來表達內在思考的架構，它被視為創造故事的過程、認知架構以及故事的結果。Hjorth 將敘說探究界定為故事的建構，研究者與說故事者都是故事中的一部分，且具有與社會結構互相交流的情境脈絡（蔡敦浩、劉育忠與王慧蘭，2011）。

　　Sarbin（1986）則指出故事是敘說的一種象徵性說法，它點出人類行動中時間面向的存在，故事有開端、中段和結局，而故事是由稱爲情節（plots）的可辨認事件連結而成，情節結構（plot structure）的重心在於人類的困境以及解決之道。

　　綜上所述，敘說可以被視爲是故事的同義詞，而敘說探究中所參與的角色都是故事中的一分子，故事的架構是由許多重要事件或情節所連結而成，具有時間性、脈絡性與因果關係，敘說者（narrator）/研究者透過說故事的敘寫方式賦予敘說中角色及情節生命故事，尋求讀者的理解與互動。

(二) 研究方法之實施步驟與寫法

　　不同的研究方法在實施步驟的撰寫時，需要針對研究方法，綜合歸納一般研究者提出來的步驟，以及實施流程。案例 4-2 李世賢（2024）的論文中，採用經驗敘說研究法，因而針對經驗敘說法的實施步驟，參考相關的研究法專書綜合歸納論述，形成自己的研究方法，並且透過圖示方式呈現出來，有助於讀者掌握經驗敘說研究法的特性與流程。

案例 4-2：研究設計與實施之研究法實施步驟的寫法（李世賢，2024）

偏鄉學校國小校長學校領導模式與檢證之經驗敘說研究

一、自我經驗敘說研究之過程
　　自我經驗敘說研究之過程的五個階段說明如下：
1. 專注經驗（attending to experience）
2. 述說經驗（telling about experience）
3. 轉錄經驗（transcribing experience）
4. 分析經驗（analyzing experience）

5.閱讀經驗（reading experience）

圖 3-1
自我經驗敘說研究的過程〔修改自鈕文英（2020）。質性研究方法與論文寫作。頁
489。〕

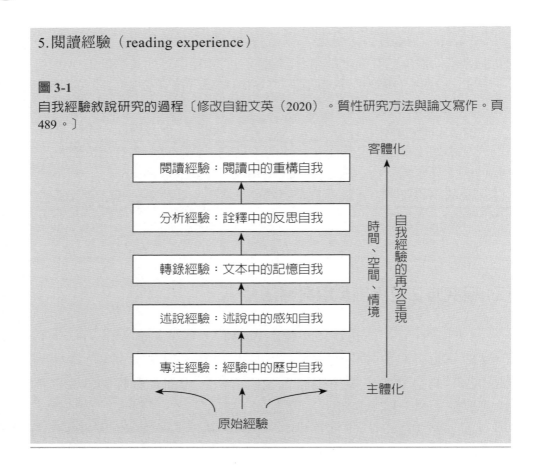

（三）研究方法之優缺點與寫法

　　研究方法的優缺點與寫法，主要是讓研究者了解採用這個研究方法有哪些的優勢，以及哪些的缺點限制，並且運用研究法之優點，將缺點部分對論文的影響降到最低。案例 4-3 針對經驗敘說的優缺點，提出研究者綜合相關的論述，並且指出自己所持的觀點。

案例 4-3：研究設計與實施之研究法優缺點的寫法（周仔秋，2022）

偏鄉學校國民小學中年級班級經營之經驗敘說研究

一、經驗敘說的優缺點

　　敘說是一種人類溝通的基本形式，敘說探究則非常重視研究者本身的反思性（Reflexivity）。研究者並非只是單純記錄、分析別人的故事，同時也在過程中映照自身，觸發省思，與故事建立連結。所以研究者對自己的立場、角色等都要具有足夠的敏感度，才能「寓身其中」（Indwelling）而保持清醒。

　　周志建（2002）認為敘事的人性觀可歸納為下列數點：(1) 人從敘說自己的故事中，認識自己，探索生命的意義與存在的價值；(2) 每個生命、每個人都是獨特的、獨一無二的；(3) 個案是有能力的，每個人都是他自己生命的專家；(4) 自己是自己生命的作者，每個人都有能力重寫自己的生命故事；(5) 只要人能發現自我資源（自我特質與寶貝），就能取得生命主使權；(6) 問題不會百分之百的操縱人，人的一生中，總有幾次不被問題影響的例外經驗。因此，每個人都有改變的可能性（郭文正，2013）。

　　進行敘事研究時，最重要的是故事的主角。故事都是片面的。而研究者很容易將自己的人生經驗，放進研究對象的故事之中，因此，敘事研究非常強調「關係性的參與」（relational engagement），因為每一個被說出來的故事，都會受到各種文化、社會、家庭、體制上的影響，所以敘事研究學者必須要清楚的知道，自己是誰，而自己的背景又是如何的參與及影響這個他正在訴說的故事。

(四) 採用研究方法之原因與寫法

　　任何主題都可以選用同一個研究方法，相對的，同一個主題可以採用不同的研究方法（林進材，2018）。研究設計與實施在採用研究方法之原因，主要是分享研究者在研究主題擬定之後，為什麼選擇

這一個研究方法的主要原因。因此，採用研究方法之原因，在論述時不會有引用相關文獻的情形，需要研究者自己說明採用研究方法的原因有哪些。

案例 4-4：研究設計與實施之採用研究方法之原因寫法（黃彥鈞，2022）

實驗小學校長學校領導模式建立與檢證之經驗敘說研究

本研究採用經驗敘說之理由

　　研究者身為公辦公營實驗小學的校長，從初任校長第一年即接受縣府指定成為學校轉型首任校長的考驗，至今已歷經七年多的時間，採用自我敘說作為研究方法的理由如下：

（一）**從自我敘說將心中想法透過放聲思考（think aloud）訴諸文本**

　　自我敘說是研究者本身對事件的內省，由於內省的知識是屬於隱性的，因此必須透過放聲思考呈現在文本之上。研究者本身是學校校長，亦是課程領導的推動者，比起實際進行實驗教育的教師，雖然沒有進行實際的教學工作，卻必須面對教育上級長官的要求，同時承受身為率先推動實驗小學前導學校領導者的壓力。

（二）**以自我敘說了解實驗教育推動與課程領導之教育實務現場**

　　公辦公營實驗小學推動邁入第七年，如何將實際的經驗與理論進行相互的辯證，並將經驗理論化，透過自我敘說呈現實驗教育的專業知識與教師的主體地位（歐用生，2003），是本研究的價值所在。

（三）**透過自我敘說重新省思實驗教育的推動與課程領導對自我的意義**

　　自我敘說讓我省思這一路走來推動實驗教育與課程領導的歷程與點滴，這當中會包含我認為許多重要的事件，每個重要關係人所敘說的經驗與感受也會帶給我完全不同的想法，從自我與他人互動交織的敘說當中，重新思考實驗教育與課程領導帶給我的意義與轉變，這樣的變化如何影響我對自我身分的認同以及如何進行未來學校課程發展的規劃，我想自我敘說在此扮演著極重要的功能。

三　研究架構與假設的構成與寫法

論文中研究設計與實施中的研究架構與假設，主要是將研究變項之間的關係，以及研究的基本假設，透過文字或圖示方式呈現出來。

(一) 研究架構的形成和寫法

研究架構指的是研究中變項與變項之間的關係，一般的研究變項包括自變項（個人的基本資料）與依變項（心理變項）。例如：性別、學歷、服務年資、婚姻狀況、學校規模、擔任工作等，指的就是自變項；教學效能、幸福感、正向心理、心理素質、幸福感等，指的就是依變項。案例 4-5 的寫法是問卷調查的研究架構圖，圖中的教學實踐、教學信念、教學效能等三個是依變項，背景變項包括：(1) 性別；(2) 年齡；(3) 學歷；(4) 教學年資；(5) 擔任職務；(6) 學校規模；(7) 學校區域等七個。

(二) 研究假設的擬定和寫法

在問卷調查法中，研究者需要針對研究目的與問題提出相關的研究假設，作爲後續學術研究的參考與驗證。以案例 4-6：呂坤岳（2024）的國小教師教學信念、教學實踐、教學效能及相關因素之研究爲例，有關研究假設的擬定，需要依據研究目的與問題爲基礎，提出相關的研究假設。

案例 4-5：研究設計與實施問卷調查之研究架構寫法（呂坤岳，2024）

國小教師教學信念、教學實踐、教學效能及相關因素之研究

圖 3-1

研究架構圖

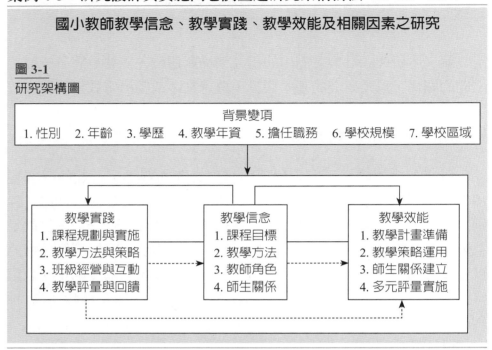

案例 4-6：研究設計與實施問卷調查之研究假設寫法（呂坤岳，2024）

國小教師教學信念、教學實踐、教學效能及相關因素之研究

研究假設

　　有鑑於此，本研究強調「教學信念」作爲教學實踐與教學效能之間的中介變項角色，期能透過嚴謹的統計方法，以結構方程模式驗證教學信念、教學實踐與教學效能的適配情形，以及教學信念對教學實踐與教學效能的中介效果爲何。茲將本研究所提出之假設說明如下：

(一) 假設 1：教學信念對教學實踐具有正向顯著的影響。

(二) 假設 2：教學實踐對教學效能具有正向顯著的影響。

(三) 假設 3：教學信念對教學效能具有正向顯著的影響。

(四) 假設 4：教學信念、教學實踐與教學效能彼此間具有顯著的關係。

（五）假設 5：教學信念、教學實踐與教學效能彼此間的結構方程模式具有良好適配度。

（六）假設 6：教學信念在教學實踐與教學效能之間具有中介效果。

（三）研究流程圖的擬定與寫法

研究流程圖指的是研究步驟或者是研究流程，是研究者在學位論文中的學術研究，採用研究方法蒐集資料的過程。在研究流程圖的擬定時，應該依據不同的研究方法，而採用不同的方式。案例 4-7 是問卷調查研究法的研究流程圖，將研究流程分成四個階段，包括研究主題探討、研究方法探討、問卷施測、資料分析、研究論文撰寫等；案例 4-8 是行動研究法的研究流程圖；案例 4-9 是採用經驗敘說研究法的研究流程圖，需要用詳細的文字和圖示，說明經驗敘說的來龍去脈。

案例 4-7：研究設計與實施問卷調查之研究流程圖寫法（梁鎮菊，2022）

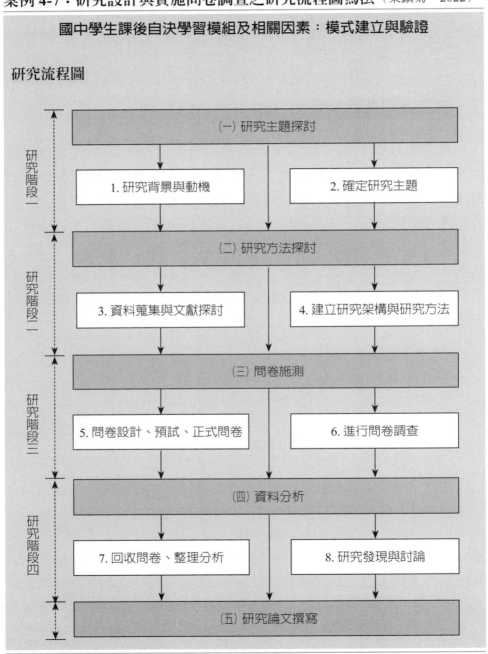

國中學生課後自決學習模組及相關因素：模式建立與驗證

研究流程圖

研究階段一

- (一) 研究主題探討
  - 1. 研究背景與動機
  - 2. 確定研究主題

研究階段二

- (二) 研究方法探討
  - 3. 資料蒐集與文獻探討
  - 4. 建立研究架構與研究方法

研究階段三

- (三) 問卷施測
  - 5. 問卷設計、預試、正式問卷
  - 6. 進行問卷調查

研究階段四

- (四) 資料分析
  - 7. 回收問卷、整理分析
  - 8. 研究發現與討論
- (五) 研究論文撰寫

案例 4-8：研究設計與實施行動研究法之研究流程圖寫法（李惠萍，2023）

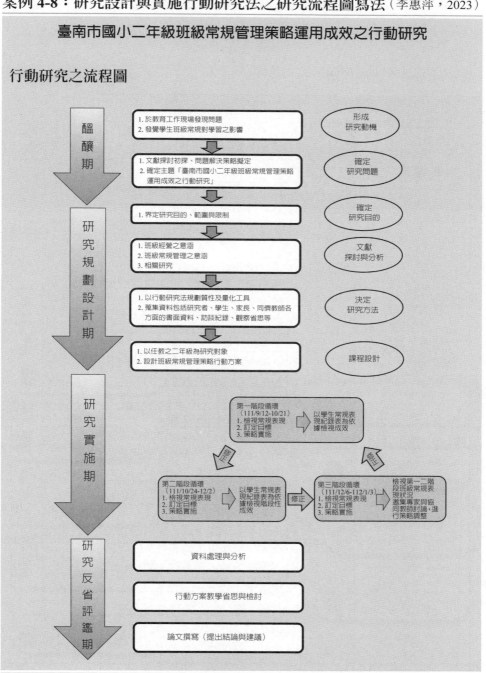

臺南市國小二年級班級常規管理策略運用成效之行動研究

行動研究之流程圖

案例 4-9：研究設計與實施經驗敘說研究法之流程圖寫法（黃彥鈞，2022）

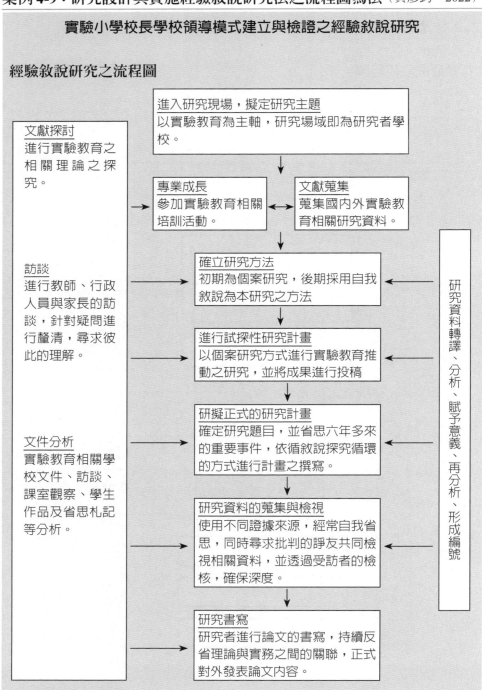

實驗小學校長學校領導模式建立與檢證之經驗敘說研究

經驗敘說研究之流程圖

進入研究現場，擬定研究主題
以實驗教育為主軸，研究場域即為研究者學校。

文獻探討
進行實驗教育之相關理論之探究。

專業成長
參加實驗教育相關培訓活動。

文獻蒐集
蒐集國內外實驗教育相關研究資料。

訪談
進行教師、行政人員與家長的訪談，針對疑問進行釐清，尋求彼此的理解。

確立研究方法
初期為個案研究，後期採用自我敘說為本研究之方法

進行試探性研究計畫
以個案研究方式進行實驗教育推動之研究，並將成果進行投稿

文件分析
實驗教育相關學校文件、訪談、課室觀察、學生作品及省思札記等分析。

研擬正式的研究計畫
確定研究題目，並省思六年多來的重要事件，依循敘說探究循環的方式進行計畫之撰寫。

研究資料的蒐集與檢視
使用不同證據來源，經常自我省思，同時尋求批判的諍友共同檢視相關資料，並透過受訪者的檢核，確保深度。

研究書寫
研究者進行論文的書寫，持續反省理論與實務之間的關聯，正式對外發表論文內容。

研究資料轉譯、分析、賦予意義、再分析、形成編號

四　研究對象之描述與寫法

　　學位論文之研究過程，在研究對象的描述與寫法，量化研究採用的是大數據的蒐集方法，因此，只要說明研究對象和抽樣的方法就可以；在質性的研究方面，則需要說明研究場域（或情境）、研究對象的描述、參與研究者的描述等。

(一) 研究樣本選擇與抽樣的寫法

　　一般來說，研究樣本的選擇與抽樣方法的描述，主要是採用量化研究問卷調查法，或者是其他有關量化資料的蒐集。在樣本選擇與抽樣方面，詳加說明如下：

1. 研究樣本的選擇

　　在研究樣本的選擇方面，需要包括預試樣本與正式樣本的選擇，都需要詳細地說明，讓讀者清楚了解這一個學位論文的研究在樣本方面是如何選擇的，以及選擇了哪些預試樣本，如案例4-10所示。

案例 4-10：研究設計與實施之預試樣本寫法（呂坤岳，2024）

國小教師教學信念、教學實踐、教學效能及相關因素之研究

預試樣本

　　本研究針對國小教師的教學信念、教學實踐及教學效能三者之間進行結構方程模式，乃以驗證性因素分析來處理相關資料，依據涂金堂（2012）指出若要進行驗證性因素分析時，預試人數至少不要低於200人，因此本研究發放200份預試問卷進行資料蒐集，預試樣本數量及發放區域說明如表3-1。

表 3-1
預試問卷抽樣數摘要表

區域	縣市	抽樣學校數	抽樣人數
北	臺北市	1	20
北	新北市	1	20
中	臺中市	1	20
中	彰化縣	1	20
南	臺南市	1	20
南	高雄市	1	20
東	宜蘭縣	1	20
東	臺東縣	1	20
離島	澎湖縣	1	20
離島	金門縣	1	20
合計		10	200

2. 正式樣本的說明

在樣本抽樣方面，正式樣本的抽樣，要在預試結束之後，參考研究者的研究主題、研究目的、研究方法等特性，選擇正式施測樣本。

案例 4-11：研究設計與實施之正式樣本寫法（呂坤岳，2024）

國小教師教學信念、教學實踐、教學效能及相關因素之研究

正式施測樣本

本研究以全國公立國小正式教師爲研究對象，依據教育部（2023）所統計全國公立國小教師總人數爲 100,177 人，此爲本研究之母群體，經計算過後所要抽取之正式樣本數至少應爲 1,056 人以上，正式調查樣本預計數量及發放區域說明如表 3-2。

表 3-2
正式問卷抽樣數摘要表

區域	縣市	抽樣學校數	抽樣人數
北	基隆市	3	45
北	臺北市	4	80
北	新北市	4	80
北	桃園市	4	80
北	新竹縣	3	45
北	新竹市	3	45
中	苗栗縣	3	45
中	臺中市	4	80
中	彰化縣	3	45
中	南投縣	3	45
中	雲林縣	3	45
南	嘉義市	3	45
南	嘉義縣	3	45
南	臺南市	4	80
南	高雄市	4	80
南	屏東縣	3	45
東	宜蘭縣	2	30
東	花蓮縣	2	30
東	臺東縣	2	30
離島	澎湖縣	2	30
離島	金門縣	2	20
離島	連江縣	2	10
合計		66	1080

(二) 研究對象描述與寫法

在研究對象的詳細描述方面，一般都用在質性研究方法上面，例如：採用個案研究、實驗研究法、行動研究法時，由於研究上的需要，必須配合主題內容，將研究對象說明清楚，如研究國小學生班級常規時，就需要將學生平時的班級常規說明清楚；研究國小學生閱讀理解能力時，就需要說明個別學生在閱讀理解能力的表現。

案例 4-12：研究設計與實施之研究對象的描述寫法（周仔秋，2022）

偏鄉學校國民小學中年級班級經營之經驗敘說研究

研究對象的班級學習

研究對象班級學習描述表

研究對象	班級學習表現
一、阿霖（化名）	1. 過動，上課易分心或玩文具。 2. 數學需多解釋幾次才能懂，屬於看圖像型理解力較好學生。 3. 數學、國語 PR 值不及格。
二、小廷（化名）	1. 數學學習力佳，理解力佳。 2. 體育課因混班教學，和六年級姊姊同一班，會找姊姊比賽。 3. 數學 PR 值 97，喜歡數學。
三、阿凱（化名）	1. 第一個月上課專注力不超過 2 分鐘，第二個月已增加到 4 分鐘，第三個月增加到 7 分鐘。 2. 本學期開始補習美語，原本單字無法辨別，現可認出字母、背誦單字。 3. 功課經常性遲交，美術有天分。 4. 數學、國語 PR 值不及格。
四、姜姜（化名）	1. 課業表現佳，性格穩重。 2. 課業不懂會立即詢問同學。
五、小俞（化名）	1. 品學兼優，力求表現。 2. 回家會先預習或複習功課，平時有上美語補習班。 3. 記憶力佳，對自己有自信，認為自己理當都是第一。 4. 愛乾淨，字體端正。

研究對象	班級學習表現
六、緹兒（化名）	1. 開學第一個月常會遲到，晚上超過十點半才就寢。 2. 喜歡做勞作、上舞蹈。 3. 功課經常性遲交，雖為簿本長但經常忘記要收發簿本。

（三）研究參與者描述與寫法

　　研究參與者一般指的是和學位論文研究有關係的人員，或者是質性研究中的訪談對象、經驗敘說中有關的人員等，需要透過文字的描述，讓讀者了解研究參與者的特質，或者和研究人員的關係。案例4-13主要是在經驗敘說之後，需要有研究參與者對學校經營實施成效提出看法或建議。

案例 4-13：研究設計與實施之研究參與者寫法（李世賢，2024）

偏鄉學校國小校長學校領導模式與檢證之經驗敘說研究

研究參與者

　　本研究採自我經驗敘說方法，在研究者的這段生命經驗中，與研究者相遇之重要參與對象，除了自己之外，還包括了學校教師、學生家長、社區人士、家長會長、友校校長、教育局督學等，研究資料來源對象之相關資料如表3-1：

表 3-1
研究資料來源對象一覽表（基於研究倫理以下姓名為化名）

類別	姓名	代碼	性別	背景資料
教師	劉老師	A 師	女	與研究者同時間到山林國小服務之初任教師，經歷導師、教務組長及教導主任，對於研究者 8 年學校領導之發展脈絡有共同的經驗歷程，目前為山林國小教導主任。

類別	姓名	代碼	性別	背景資料
教師	郭老師	B 師	女	資深幼兒園教師，在山林國小服務 20 多年，歷經多位校長，對於研究者 8 年學校領導之發展脈絡有共同的經驗歷程。
家長會長	葉會長	A 家	男	研究者初任山林國小校長時的家長會長，熱心參與學校事務，是學校與社區、家長之間溝通的重要橋梁，參與政治活動，是某政黨在地重要的樁腳。
志工團長	陳團長	B 家	男	曾在研究者任內擔任志工團團長 4 年，肯定學校辦學理念，帶領志工團為學校付出，提供學校重要的人力資源。
里長	余里長	A 社	男	是山林國小所在地的里長，連任里長多年，是社區發展很重要的舵手，對學校辦學相當支持，為學校爭取許多社會資源的挹注。
現任校長	張校長	A 校	男	山林國小現任校長，曾在偏鄉學校服務多年，對於研究者在山林國小 8 年學校領導之作為與成效，能提出看法與建議。
友校校長	姜校長	B 校	男	山林國小旁邊的友校校長，對於學校領導能提出建議與看法。
督學	鄭督學	A 督	男	曾擔任山林國小駐區督學 3 年，對於研究者學校領導之發展脈絡有共同的經驗歷程。

資料來源：由研究者自行整理。

(四) 研究場域描述與寫法

在研究設計與實施章節中之研究場域描述，主要是用於非問卷調查法的研究，例如：個案研究、實驗研究法、行動研究法、經驗敘說法等，需要將研究場域的情境脈絡詳細介紹，讓讀者可以了解這個方案的研究是發生在哪一種情境脈絡之下，如果需要將方案重複實施的話，應該要注意哪些條件。

1. 研究場域的描述

一般來說，教育學術研究方面的研究場域，指的是研究者（或實驗者）服務的學校單位。因此，在研究場域的描述時，可以採用的方法就是將學校的簡報以第三人稱的方式做介紹，在用語方面包括「該學校」、「該班級」、「該單位」等語氣。

2. 研究場域的寫法

有關研究場域的寫法，主要是研究者以報導的語氣，用第三人稱介紹研究場域的各種情境脈絡。介紹的內容包括研究（或實驗）學校單位、研究的班級場域等。班級的研究場域描述要和研究論文主題有關，避免將無關的資料加入研究場域的描述中。案例 4-14 研究場域的寫法，主要是在行動研究過程中，行動方案的設計與實施在研究者服務的學校，因此需要將學校的各種情境脈絡說明清楚。

案例 4-14：研究設計與實施之研究場域寫法（林珮婕，2022）

共同學習法融入國小一年級數學領域教學對學生學習動機與學習成效之行動研究

研究場域

本研究的場域是研究者所任教的賢賢國小（化名），該校位於臺南市，是一所非山非市且靠海的中小型學校。賢賢國小建校至今已 40 年，受少子化及人口外流影響而減班許多，全校目前有 33 個國小班級，附設 2 班幼兒園，學生合計約 900 人，教職員人數約 84 人，學校年年爭取預算得以逐年更新、維護與保養學校軟硬體設備與教學設備，持續提升學生的學習品質。

賢賢國小學生程度普遍落在中上，可塑性高，同儕間互動良好，學生活動力強，熱衷於參與學校活動，可推動多元學習方法。但受少子化影響，加上賢賢國小家長職業背景多為勞工階級，家長對於教育思潮的認知較少，影響學生學習廣度，身心成熟度較不足，又過度干涉教師

專業，影響正常化教學。多數學生成長環境處於弱勢（中低收、隔代教養、單親、新住民子女、原住民、特殊生等），家庭支持功能不彰，且缺乏文化資本之刺激，其家庭之管教態度影響學童成長，導致學業成就低落。

　　雖然面臨種種招生困頓，賢賢國小仍積極發展特色課程，例如：建立全校電腦教學網路及成立電腦教育中心、積極推展資訊教育；圖書管理電腦化、內設電腦網路查詢系統，擴展學生各項學習知識領域；結合推動多元能力社團，組訓跳鼓隊、擊鼓隊、羽球隊、布袋戲社團，以啟發學生多元潛能；深化藝術與人文素養，成立口琴隊、直笛隊、合唱團等社團，激勵學生多元智能，引燃學生學習動機，期望能培養獨立、自我創造、不斷學習、健康活潑、具民主素養及國際觀的學生。

五　研究工具的編製與寫法

　　學位論文研究中的研究工具使用，主要是幫助研究者系統有效地蒐集各種資訊，以解決或解釋研究者關心的研究問題。好的研究工具能精準的蒐集各種訊息，設計不佳的研究工具對於研究反而形成各種阻礙。

(一) 研究工具的編製問題

　　一般來說，學術研究工具的採用，包括「自行編製問卷」、「修訂他人問卷」、「完全採用」等三種形式，端賴研究者對於研究問題資料的蒐集需要，如果條件允許的話，建議研究者應該要在文獻探討之後，自行編製研究問卷。研究問卷的編製，如果是量化問卷調查的話，就需要依據文獻探討中重要概念之內涵，將內涵之說明編成

問卷；如果是質性研究的話，就需要將重要概念之內涵改寫成訪談大綱。

（二）研究工具的類別問題

學位論文之研究工具依據不同的研究需求，而有不同的工具。例如：問卷調查法採用的研究工具是問卷；行動研究法採用的研究工具包括錄音設備、錄影設備、觀察量表、訪談綱要等；如果是實驗研究法的話，就需要使用測驗、錄音錄影設備、各種測驗量表等。

（三）研究工具的信實度問題

研究工具的信實度問題，通常指的是這一份問卷的信度和效度問題，在完成問卷編製之後，需要透過各種方式考驗這一份問卷的信實度，經過修正之後，才能確保這一份問卷的正確性。

案例 4-15：研究設計與實施之研究問卷信實度寫法（林珮婕，2022）

共同學習法融入國小一年級數學領域教學對學生學習動機與學習成效之行動研究

研究問卷信實度分析

本研究所使用之數學學習動機問卷，是引用郭虹廷（2020）之「數學領域學習動機問卷」。該問卷內容包含學生學習數學的外在目標、內在目標、對自我表現之能力評估的自我信念，以及學生對數學之重要性的學習價值評估等四個面向，共 19 題。本問卷採用李克特式（Likert）五點量表模式計分，選擇「非常不同意」得一分，選擇「不同意」得二分，選擇「普通」得三分，選擇「同意」得四分，選擇「非常同意」得五分。總分愈高者表示該生傾向愈高的數學學習動機。

為了了解問卷之有效性與可行性，使之能符合本研究之目的，郭虹廷敦請相關專家學者以及具有數學領域碩士學歷之實務經驗教師進行

審題、修正，建立專家內容效度；再進行項目分析，根據項目分析結果取其決斷值達顯著水準，且各題與總分的相關係數達 .30 以上之試題保留，反之則予以刪除；再進行因素分析，分析結果若因素負荷量大於 .30，則具有效度，試題予以保留；若小於 .30，則該試題效度較低，予以刪除。最後進行信度分析，本研究採 Cronbach α 係數來檢驗量表內部一致性。Cronbach α 係數值愈高，表示信度愈好。總量表的數最好在 .80 以上，如果在 .70 至 .80 之間，算是可接受範圍；而分量表的係數最好在 .70 以上，如果在 .60 至 .70 之間，則還可以接受使用。根據分析結果發現，「數學學習動機問卷」總量表 α 係數為 .91，分量表 α 係數分別為 .76、.79、.76、.80，問卷總量表的信度 >.90，具有相當高的信度，且分量表的信度也都在可接受之範圍內，因此本問卷內部一致性高，是一份信度良好之問卷。

(四) 研究工具的寫法問題

一般來說，研究工具應該由研究者在文獻探討結束之後，針對研究重要概念之內涵，作為編製研究工具的參考。在研究工具的寫法方面，量化研究與質性研究有所不同，量化研究工具以問卷調查為主，質性研究工具以質性資料分析與文本、訪談資料等為主。

1. 量化研究工具的寫法

量化研究工具的編製和寫法，需要將問卷編製的過程、信實度的考驗等資料說明清楚。量化研究工具的寫法如案例 4-16，將正式施測樣本、問卷編製過程、量表層面與題目等詳加以文字說明之。

案例 4-16：研究設計與實施研究工具之寫法（呂坤岳，2024）

國小教師教學信念、教學實踐、教學效能及相關因素之研究

一、正式施測樣本

本研究係以「國小教師教學信念、教學實踐與教學效能之調查問卷」為研究工具，內容包含「基本資料」、「國小教師教學信念量表」、「國小教師教學實踐量表」、「國小教師教學效能量表」等四個部分。

二、問卷編製過程

本問卷編製包括問卷初稿、預試問卷、正式問卷等三部分，在問卷初稿形成過程中，依據研究動機、研究目的及探討相關文獻後，構思問卷題目內容，編製問卷的初稿。待問卷初稿完成後，擬邀請專家學者針對本研究問卷題目內容、題目適切性、計分方式及編排格式，進行審核與修改，提供修正意見，建立專家效度，並經指導教授逐一審閱及討論後形成「國民小學教師教學信念、教學實踐及教學效能及相關因素之研究預試問卷」，接著進行小樣本預試，並參考預試題目的分析結果，刪改問卷題目後編成正式問卷。

教學信念問卷量表之層面與題目表

層面	編號	題目
課程目標	1.	我認為在設計課程前，應該要依據課程目標。
	2.	我認為在設計課程前，應該要考量學生的學力差異。
	3.	我認為在設計課程前，應該要配合學校特色及行事曆。
	4.	我認為在設計教學活動前，應該要結合學生的生活經驗。
	5.	我認為在設計教學活動前，應該要配合學生的認知能力。
教學方法	6.	我認為要針對能力不同的學生，運用差異化的教學方法。
	7.	我認為要依據實際教學需要，彈性調整教學內容。
	8.	我認為要運用各種有效的教學法，才能提升學生學習效果。
	9.	我認為要以由淺入深的方式呈現教材，讓學生容易學習。
	10.	我認為要藉由多元的評量方式，診斷學生的學習成效。

層面	編號	題目
教師角色	11.	我認為在教學前，應該要清楚了解課程計畫。
	12.	我認為在教學前，應該要積極準備教學課程。
	13.	我認為在教學中，應該要專注投入課堂的教學活動。
	14.	我認為在教學中，應該要保持熱忱及耐心，引導學生學習。
	15.	我認為在教學後，應該要反思教學的實施情況。
師生關係	16.	我認為在課堂上，應該要與學生建立良好的互動關係。
	17.	我認為在課堂上，應該要以溫和親切的態度與學生溝通。
	18.	我認為在課堂上，應該要適時提供學生提問及分享的機會。
	19.	我認為在課堂上，應該要適時的給予學生正向鼓勵及回饋。
	20.	我認為要與家長保持聯繫，才能有效掌握學生的學習狀況。

2. 質性研究工具的寫法

　　質性研究工具和一般量化研究工具有所不同，質性研究工具強調的是重要概念以文字敘述的方式呈現，主要的內容來自重要概念文獻探討之內涵。有關質性研究工具的寫法，案例 4-17 廖松圳（2024）主要是依據文獻探討對於學校領導之內涵，進而編成訪談綱要。

案例 4-17：研究設計與實施質性研究工具之寫法（廖松圳，2024）

實驗小學校長學校領導模式建立與檢證之個案研究

研究工具訪談綱要

訪談題幹	訪談大綱
一、行政管理之於願景理念	校長：學校願景？領導脈絡？困境處理？未來藍圖？校長領導風格？行政管理如何達成願景？ 主任教師：校長領導對學校整體的影響？學校行政管理對學校教師的影響？面對學校經營困境？校長與同仁的態度？ 家長：校長領導風格？學校行政管理？困境？家長看法？

訪談題幹	訪談大綱
二、教學研究之於課程領導	校長：校長課程、教學的角色？學校課程教學的目標？ 主任教師：校長課程角色？教師遴選與培訓？教學研究如何推動？教師、學生課程教學角色？如何評鑑課程教學？困境與排除？ 家長：學校課程發展現況？家長、社區參與課程程度？對學生表現滿意？改進與建議？
三、專業發展之於組織成長	校長：如何運用專業發展領導行為引領組織成長？證照、研討、認證、得獎？困境與處理？ 主任教師：華德福理念對學校發展的重要性？困境？校長如何引領行政團隊專業發展？校長教師專業認證？對學校團隊的影響？困境與因應？ 家長：對校長、學校團隊專業成長的看法？
四、專業發展之於教學研究	校長：運用專業發展來引領學校教學研究提升和發展？證照、研討、認證、得獎如何落實在教學研究？困境與處理？ 主任教師：哪些專業獎項與證照對教學研究影響？ 家長：哪些專業獎項與證照對教學研究影響？
五、公共關係之於學校資源	校長：哪些公共關係領導作為引進學校資源？困境與因應？學校行銷策略？現有資源？社區圖像？困境與因應？ 主任教師：學校現有資源？如何校長經營？學生如何融入社區？行政教師團隊如何配合？困境與因應？ 家長：社區與家長主動提供資源有哪些？社區經營具體成效？家長可扮演的角色？有無困境？如何因應？
六、個人修為之於願景理念	校長：如何善用個人特質及修養形塑學校願景理念？面對困境的態度與因應？ 主任教師：校長個人修為？個人修為與領導和願景關聯性？校長修為對學校產生什麼影響？ 家長：校長的修為如何？校長個人修為對學區產生什麼影響？

六　研究或實驗方案的設計與寫法

　　學位論文撰寫在研究方案的設計與實施方面，一般比較常用在行動研究法、實驗研究法上面，研究者應該將採用的方案設計過程、設計內容、實施流程等，做詳細簡要的說明，讓後續的研究者如果有興趣的話，知道如何應用操作。

(一) 研究方案的設計與寫法

　　研究方案的撰寫，應該要包括設計理念、設計源由、設計方法、設計內容、實施步驟等。案例 4-18 連舜華（2022）研究國小學生閱讀理解能力教學設計與實施成效，在研究方法的說明包括六個重要的部分。

案例 4-18：研究設計與實施之研究方案設計之寫法（連舜華，2022）

提升國小學生閱讀理解能力教學設計與實施成效之研究

研究方案設計
　　本研究希望透過閱讀理解策略教學提升學生閱讀理解能力，以下介紹教學設計實驗課程之「閱讀理解策略、閱讀理解歷程、閱讀理解策略與實驗課程教材、試探性教學設計之實驗教學、正式教學設計之實驗課程規劃。
一、閱讀理解策略
二、閱讀理解的歷程
三、閱讀理解策略與實驗課程教材
四、試探性教學設計之實驗教學
五、正式教學設計之實驗課程規劃

（二）研究方案的說明與寫法

　　研究方案設計的說明，主要是針對研究主題而規劃設計的方案，包括哪些內容、方法、策略，以及這些設計的內涵在研究過程中的操作步驟有哪些等。如案例 4-19 連舜華（2022）之研究，針對閱讀理解策略實驗課程研究方案的說明。

案例 4-19：研究設計與實施之研究方案說明與寫法（連舜華，2022）

提升國小學生閱讀理解能力教學設計與實施成效之研究

閱讀理解策略實驗課程研究方案

　　本研究以臺南市布可星球低年級圖書清單中的書籍作為本研究之實驗課程教材，並根據 PIRLS 四大閱讀理解歷程，以「直接提取」、「直接推論」、「詮釋整合」與「比較評估」為主要類目設計實驗課程教學後之學習單（各主題之學習單，詳見附錄七）。為求更精密的分類，並在各主類目下再依 PIRLS 的說明細分出幾個次類目，將以此類目設計之學習單作為實驗課程之教學資源，學童於實驗課程教學後完成學習單，研究者蒐集並整理學習單，作為本研究質性研究資料，並分析其結果。表 3-7 為本研究參考 PIRLS 擬定之分析類目表：

表 3-7
閱讀理解能力分析類目表

主類目	定義	次類目	編碼
直接提取	找出文中明確寫出的訊息。	與特定目標有關的訊息。	1-1
		特定的想法、論點。	1-2
		字詞或句子的定義。	1-3
		故事的場景，例如時間、地點。	1-4
		找出文章中明確陳述的主題句或主要觀點。	1-5

主類目	定義	次類目	編碼
直接推論	需要連結段落內或段落間的訊息，推斷出訊息間的關係。	推論出某事件所導致的另一事件。	2-1
		在一串的論點或一段文字之後，歸納出重點。	2-2
		找出代名詞與主詞的關係。	2-3
		描述人物間的關係。	2-4
詮釋整合	讀者需要運用自己的知識去理解與建構文章中的細節及更完整的意思。	歸納全文訊息或主題。	3-1
		詮釋文中人物可能的特質、行為與做法。	3-2
		比較及對照文章訊息。	3-3
		推測故事中的語氣或氣氛。	3-4
		詮釋文中訊息在真實世界中的應用。	3-5
比較評估	讀者需批判性考量文章中的訊息。	評估文章所描述事件確實發生的可能性。	4-1
		描述作者如何安排讓人出乎意料的結局。	4-2
		評斷文章的完整性或闡明、澄清文中的訊息。	4-3
		找出作者論述的立場。	4-4

資料來源：研究者自行整理。

(三) 研究方案實施的流程與寫法

在研究方案實施的流程方面，研究者需要將研究方案的課程教材、方案教學實施流程、方案活動設計大綱等，透過文字詳細說明。

1. 課程教材之說明

在課程教材方面之說明，研究者需要針對研究實驗課程教材內容的形成，做文字上的詳細說明。例如：案例 4-20 連舜華（2022）針對課程教材設計的說明。

案例 4-20：研究設計與實施之課程教材說明之寫法（連舜華，2022）

提升國小學生閱讀理解能力教學設計與實施成效之研究

課程教材說明

　　本研究實驗課程教材，以目前臺南市國小推動布可星球閱讀線上認證系統中，研究者任教之國小低年級布可星球挖掘圖書的書目為本研究之實驗課程教材，主要原因為布可星球挖掘圖書書目均經過學者專家評選，屬於適合低年級學童閱讀之優良讀物，且在臺南市布可星球閱讀線上認證系統中所提供之題庫亦較完整。由於國小低年級學童正處於「學習閱讀」的階段，將來也是 PIRLS 的施測對象，故研究者選定低年級布可星球挖掘圖書作為實驗課程教材。

2. 方案教學實施流程

　　方案教學實施流程的部分，是研究者應該針對方案中的課程教學實施流程，做詳細的文字說明。以案例 4-21 連舜華（2022）針對國小學生閱讀理解能力方案教學實施流程，進行詳細的說明提供參考。

案例 4-21：研究設計與實施之方案教學實施流程說明之寫法（連舜華，2022）

提升國小學生閱讀理解能力教學設計與實施成效之研究

方案教學實施流程

　　本次研究所進行的閱讀理解能力教學設計流程分為準備活動、發展活動及綜合活動，其中的發展活動，採用方淑貞（2010）所提到「朗讀圖畫書」中的第五種方式進行，結合多媒體影音方式呈現故事動畫，再選擇圖文一起欣賞的模式來進行繪本導讀活動。

表 3-11

提升學生閱讀理解能力之教學活動流程與設計概念

教學活動流程		設計概念	教學方式	閱讀理程歷程	實施的閱讀理解策略
(一) 準備活動	1. 暖身活動	喚起學生先備知識與生活舊經驗	師生經驗分享	1. 直接提取 2. 直接推論	（腦力激盪與分類）預測
	2. 預測活動	利用繪本封面、書名預測繪本故事	教師引導學生發表	1. 直接提取 2. 直接推論	預測
(二) 發展活動	1. 繪本之動畫欣賞	加深繪本內容印象並引起學生興趣	繪本動畫欣賞	1. 直接提取 2. 直接推論 3. 詮釋、整合觀點和訊息	（視覺化）連結線索
	2. 師生進行討論及繪本共讀	讓學生能進入繪本情境，對繪本內容進行初步了解	全班共讀個人朗讀	1. 直接提取 2. 直接推論 3. 詮釋、整合觀點和訊息	（預測）由上下文推測詞意
	3. 內容探究	進行 5W1H 的討論，讓學生深入感受繪本之人事時地物等情境，並對繪本內容有更深入的了解	繪本簡報 ppt 班級討論	1. 直接提取 2. 直接推論 3. 詮釋、整合觀點和訊息 4. 檢驗、評估內容、語言和文章的元素	連結文本因果關係、六何法
	4. 問題討論	提供學生進行批判、思考的機會，使其獲得繪本所要傳達的意涵	班級師生討論	1. 詮釋、整合觀點和訊息 2. 檢驗、評估內容、語言和文章的元素	（提問）自我提問
(三) 綜合活動	分享與省思	透過同儕之間的分享與教師的總結，使學生更能加深理解內容	學生心得分享並完成學習單	1. 詮釋、整合觀點和訊息 2. 檢驗、評估內容、語言和文章的元素	（摘要）自我提問

（四）實驗課程教學設計與寫法

在實驗課程教學設計方面，需要將教學活動流程透過文字，或者是流程圖說明。案例 4-22 有關閱讀理解流程，透過圖示的方式說明每一個步驟實施的過程。

案例 4-22：研究設計與實施之教學活動流程說明與寫法（連舜華，2022）

提升國小學生閱讀理解能力教學設計與實施成效之研究

閱讀理解教學活動流程

研究者將本研究之提升學生閱讀理解能力之教學活動流程及設計概念繪製成教學活動流程圖，如圖 3-2 所示，說明如下：

圖 3-2
提升學生閱讀理解能力之教學活動流程

1. 準備活動	• a.暖身活動（預測策略） • b.預測活動（預測策略）
2. 發展活動	• a.繪本之動畫欣賞（連結線索策略） • b.師生進行討論及繪本共讀（摘要及推論策略——由上下文推測詞意） • c.內容探究（摘要及推論策略——連結文本因果關係） • d.問題討論（自我提問策略）
3. 綜合活動	• a. 分享與省思（自我提問與推論策略）

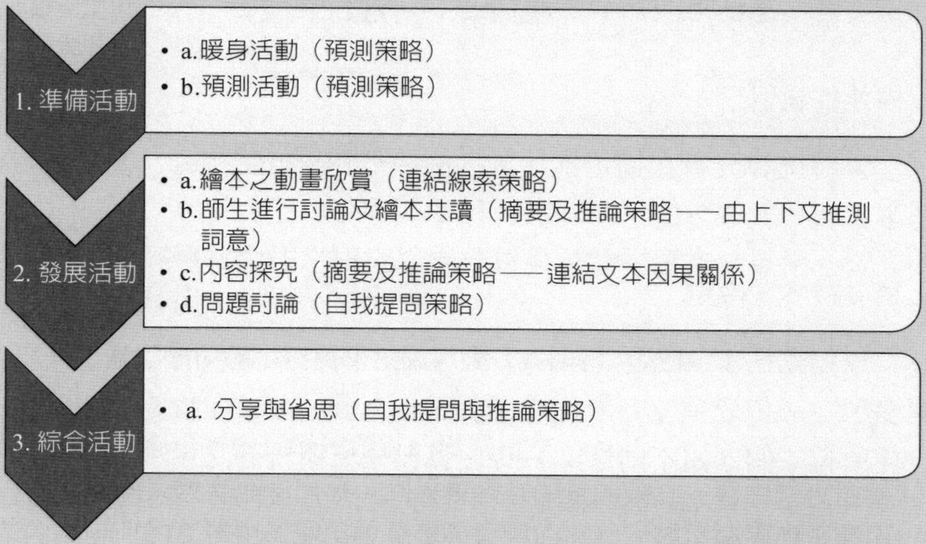

七　資料處理和分析與寫法

　　資料處理與分析，是資料蒐集之後，要依據不同的研究取向，進行研究資料的分析與歸納。一般在研究資料與分析方面，量化研究與質性研究採用不同的分析方式。茲加以說明如下：

(一) 量化資料處理分析與寫法

　　學位論文研究在量化資料處理方面，需要依據研究目的與研究問題，決定資料的蒐集與統計方法，不同的研究變項採用不同的研究方法。一般而言，量化資料的處理方面，相關的資料分析方法包含描述性統計、獨立樣本 t 檢定、單因子變異數分析、皮爾森積差相關、多元回歸分析、結構方程模式及中介效果模式。茲將量化資料處理統計分析方法，簡要說明如下（李坤岳，2024）：

1. 描述性統計

　　資料統計分析在描述性統計（descriptive statistics）方面，包括基本資料、次數分配、平均數及標準差等資料之分析。

2. 獨立樣本 t 檢定

　　以獨立樣本 t 檢定（t-test）來考驗不同背景變項的受試者，在心理變項（或依變項）各層面之差異情形。獨立樣本 t 檢定主要運用在自變項有二個（如不同性別）時之資料分析與統計之用。

3. 單因子變異數分析

　　在量化資料處理歸納時，以單因子變異數分析（one-way ANOVA）來考驗不同背景變項的受試者，在變項中之整體和各層面

的差異情形。倘若單因子變異數分析的 F 值達顯著差異，則會再以薛費法（Scheffé's Method）進行事後比較。一般而言，單因子變異數主要檢定之背景變項為「年齡」、「學歷」、「教學年資」、「現任職務」、「學校規模」及「學校所在區域」等超過三個項目的資料分析。

4. 皮爾森積差相關

皮爾森積差相關分析，在於歸納討論研究變項之整體與各層面的相關情形。例如：呂坤岳（2024）的研究變項包含教學信念與教學實踐之相關情形、教學實踐與教學效能之相關情形，以及教學信念與教學效能之相關情形。

5. 多元回歸分析

例如：以多元回歸分析（multiple regression analysis）檢定國小教師的教學信念、教學實踐與教學效能三者之間的預測力，包含教學信念各層面對教學效能的預測力、教學實踐各層面對教學效能的預測力、教學信念各層面對教學實踐的預測力，以及教學信念、教學實踐對教學效能的預測力。

6. 結構方程模式

呂坤岳（2024）的研究理論架構主要為探討分析國小教師教學信念、教學實踐、教學效能之間的關係，並結合相關實徵研究，建構出教學實踐為前置變項、教學信念為中介變項，以及教學效能為結果變項之結構方程模式。因此，本研究在正式調查時將抽取 1,080 位研究樣本，以結構方程模式（structural equation model, SEM）驗證本研究之潛在變項（教學信念、教學實踐及教學效能）結構關係模式的因果路徑與整體適配情形。

7. 中介效果模式

有關中介效果模式的考驗方式有很多種，主要為因果步驟（causal steps）、回歸係數的乘積考驗（product of coefficients）與 bootstrap 法三大類。Hayes（2009）認為 bootstrap 法能透過統計考驗獲得較精準的估算值，在使用上並沒有任何的基本設定，即使中介效果乘積項不符合常態分配，也不會產生較大的估計誤差，所以許多統計學者建議採用 bootstrap 法考驗中介效果模式（引自涂金堂，2023）。因此，呂坤岳（2024）的研究將採用 Hayes 所提出的 bootstrap 法來進行中介效果模式的考驗，以確認國小教師教學信念可否透過教學實踐影響教學效能而具有中介效果。

(二) 質性資料處理分析與寫法

在質性研究資料的處理與分析方面，以廖松圳（2024）研究為例，指出個案研究旨在深入探究實驗學校的校長領導模式，其領導作為創造出來的領導效能，透過多元資料的分析，以揭示校長的領導特質、策略以及對學校發展的影響。以下將對蒐集到的資料進行分析。上述資料呈現，細分為定期、不定期、札記等。對於上述這些資料的編號，研究者主要分為兩種方式：

1. 資料來源編號

該研究以年月日加上資料名稱之簡稱進行編號（校長代號 P；主任代號 D；教師 T；家長 F），例如：20230901D1- 領域會議，即代表 20230901D1 主任進行領域會議；20231011T1- 訪談，即 20231011 進行 T1 教師訪談；20231008F2-訪談，即 20231008 進行 F2 家長訪談。

2. 資料歸類

該研究爲質性研究，個案資料的蒐集、登錄、編碼與分析等，均爲同步進行，在力求資料分析具有嚴謹性與客觀性，期待在短時間內取得有效的研究資訊，多次驗證與訪談，以便取得更多有效資料。

3. 訪談資料得轉錄和確認

在訪談過程中力求內容詳實，研究者必須徵求受訪者同意使用錄音、錄影或其他輔助設備，並於結束後進行文字稿的轉錄工作。王文科、王智弘（2022）強調，質性訪談時，逐一將每一次的原始資料進行組織、編碼、登錄，並找尋出資料的觀點與事實，再加以概念化，並隨時關注資料與研究目的的關聯性，以獲得目標取樣情境的整體性。

資料分析後，研究者將「逐字稿」分別給受訪者再做確認，獲得共識以避免誤解產生。此外，受訪者在校閱時，對於訪談內容有所補充或修正，亦可隨時加註。從研究目的與研究倫理的角度而言，受訪者親自修正或補充資料，都應視爲研究正式訪談的一部分。

4. 訪談資料整理

完成逐字稿後，訪談資料必須建立編碼系統，將每一份訪談之逐字稿加以編碼，以利於後續資料分析。其次，隨著訪談資料增加，研究者必須回顧對結構化的文獻探討，並就研究動機、研究目的之研究待答問題，整理出個案訪談預期獲得的資料，並依資料蒐集內容，適時進行分析與歸納。

研究倫理與寫法

(一) 研究倫理的敘述

　　研究倫理的陳述與寫法，依據不同研究方法而有差異。一般來說，學位論文在研究倫理的撰寫時，要依據自己選擇的研究方法可能導致的研究倫理內容，依實際情況而做文字方面的說明。此方面，建議在撰寫研究設計與實施時，上網查詢「國立成功大學人類研究倫理治理架構網站」（https://rec.chass.ncku.edu.tw/）查詢自己選擇的研究方法，將有關的倫理法則規範列出來，說明學位論文撰寫的研究倫理。

(二) 研究倫理的寫法

　　研究倫理的寫法，一般來說每一個倫理守則都需要包括兩段，第一段說明研究倫理應該要遵守的規則；第二段說明研究者如何遵守這一個規則。案例 4-23 與 4-24 是針對問卷調查法與行動研究法所寫的研究倫理，說明在研究過程中需要遵守哪些研究倫理。

案例 4-23：研究設計與實施之研究倫理的說明與寫法（呂坤岳，2024）

國小教師教學信念、教學實踐、教學效能及相關因素之研究

研究倫理
一、徵求知情同意
　　知情同意是指參與者在權益被保障下，能自願參與研究，同意研究者分析其資料或詮釋其經驗。研究者應以適合參與者年紀、語言、識字程度、文化背景的表述方式，使其了解研究方法、研究參與者、研究目標，讓參與者獲得足夠的資訊以決定是否參與。知情同意包含以下基本

項目：研究目的、研究程序、風險與利益、保密與隱私、聯絡人等（國立成功大學人類研究倫理治理架構，2023）。

　　本研究將會在預試問卷及正式問卷的首頁特別敘明：「敬愛的教育先進，您好：感謝您在百忙之中撥冗填寫本學術問卷，本問卷旨在了解國小教師教學信念、教學實踐、教學效能及相關因素。懇請您能依據個人的真實感受與現狀回答，本問卷所得資料僅供學術研究分析使用，絕對保密且不外流，請您放心填答。

二、資料隱私、匿名

　　為使受試者放心填答，在隱私部分，本研究在問卷上附有詳細說明，讓參與者了解研究範疇，並縝密規劃研究程序，避免參與者有隱私被侵犯之擔憂；在保密部分，確認參與者所提供的所有資料，都只在研究場域中使用（國立成功大學人類研究倫理治理架構，2023）。

　　本研究採用問卷調查的方式，在受試者填寫完問卷量表後，會將受試者填寫的資料蒐集完成，進行編碼、匿名，以確保受試者的身分保密。

三、研究參與者的招募評估

　　教育的研究目的，主要在於闡述現象、發掘事實、建構論述、解決問題、尋找較佳政策或是學習方法，而研究者在依研究主題招募研究參與者時，有可能在研究初期對於研究對象與人數皆無法確定，所以研究者也應能在研究對象的招募設計時，於專業考量下避免因權力不對等而來的方便取樣（國立成功大學人類研究倫理治理架構，2023）。

　　因此，本研究在進行問卷調查時，將會審慎評估以分層隨機取樣的方式發放問卷量表給研究對象，以避免因權力不對等的方便取樣而有違研究倫理。

案例 4-24：研究設計與實施之研究倫理的說明與寫法（李惠萍，2023）

臺南市國小二年級班級常規管理策略運用成效之行動研究

研究倫理
一、知情同意原則

　　依據人類研究倫理治理架構的原則，知情同意乃是參與者在獲得充足的資訊與權益被保障下，經過充分且不受脅迫的考慮後自願參與研究、在信任的關係中持續同意參與研究、在充分了解下同意研究者分析其資料或詮釋其經驗。最常用以確定知情同意的方式為同意書，如書面同意書、口頭同意大綱、口頭同意等。為了提供參與者足夠的資訊以決定是否參與研究，提供參與者行使知情同意決定的內容，不論是口頭或是書面，可能包括下列的基本項目：研究目的、研究程序、風險與利益、保密與隱私、聯絡人（包括研究者與倫理委員會）等（國立成功大學人類研究倫理治理架構，2022）。

　　本研究之研究對象為未成年人，應取得其法定代理人或監護人之同意，故在進行研究前，先向研究對象口頭說明研究目的與過程，並發放研究同意書給本研究對象之法定代理人或監護人，說明研究期程、動機、目的、紀錄內容等，同意參與本研究及資料蒐集分析。

二、隱私原則

　　依據人類研究倫理治理架構的原則，隱私意指個人與他人分享其行為、想法、動作等時，對於揭露訊息的多寡、程度、時機，與情境所擁有之自主性。於研究的情境中，研究者執行研究的方法、地點或問題，若落於參與者於同意參與研究時所了解且接受的範疇外，即可能侵犯參與者的隱私權。因而，研究者除了需縝密研究程序，在研究過程中也應保有適度的敏感度，以免除參與者擔憂隱私被侵犯而帶來的可能或實際傷害（國立成功大學人類研究倫理治理架構，2022）。

　　本研究為保護研究對象之隱私，以化名方式處理研究學校之名稱，並將學生姓名以編號匿名處理，並在研究過程中保持適當敏感度，對於研究蒐集的資料妥善保存，嚴禁外流。

三、保密原則

　　依據人類研究倫理治理架構的原則，保密指的是個人於信任的關係下所分享或揭露的資訊除了依照共識保存保護外，更需在個人同意下方可修改或作爲他用。在社會、行爲與教育研究裡，最有可能導致傷害的來源來自研究者在非研究場域不當地揭露參與者在研究信任關係中提供的資訊，例如可能帶給參與者心理、社經地位負面影響的未授權的公布資料（國立成功大學人類研究倫理治理架構，2022）。

　　本研究將謹守保密原則，針對研究資料如研究者觀察與反思紀錄、軼事紀錄、學生常規表現紀錄表、學生學習資料、家長書面回饋、家長訪談紀錄、協同教師觀課紀錄與討論、科任聯絡簿等，若牽涉研究對象之影像則以馬賽克方式處理，在研究後將予以妥善保存，絕不外洩。

九　質與量研究法轉化

　　學位論文研究中質性研究與量化研究的取向，研究者會針對自己的研究主題、研究目的、研究問題，選擇不同取向的研究方法。量化研究的重點在於將各種教育現象轉化成爲數字說明各種現象；質性研究的重點在於將各種教育現象透過文字的描述與敘述，詮釋各種現象的情境脈絡與意義。

(一) 質與量研究的理解運用

　　質與量的研究可以在不同層面和方法中被理解運用，在質與量的研究中可以透過方法論的交融運用，產生互補性的觀點。在互補性的觀點方面，包括：(1) 透過量化研究深化質性研究：例如量化研究圖廣泛的統計趨勢之後，運用質性研究深化探討量化差異背後的意

義和情境；(2) 運用質性研究啟發量化研究：質性研究可以提供深入的理解和洞察，有助於研究者產生對教育現象的研究問題，以及研究假設。

(二) 質與量研究的相互轉化運用

質性與量化研究的相互轉化運用，包括：(1) 量化轉化爲質性研究：在量化研究的統計結果中，可以激發質性研究的特性，並且解釋量化結果的背景脈絡；(2) 質性研究轉化爲量化研究：質性研究結果可以轉化成爲量化研究的數據，並且進行統計分析，透過轉化可以通過編碼質性數據、建立研究指標或設計問卷等方式實施，將質性的描述能夠以更爲具體的數據分析，作爲統計歸納分析。

(三) 整合的觀點與運用

質與量的研究，可以採用混合的方法，在同一研究中採用質性與量化研究設計，以掌握研究問題的各種情境脈絡。例如：在研究國小教師教學效能及相關因素時，可以同時採用問卷調查法，在統計分析歸納之後，再採用訪談的方法，了解數字背後的意義和脈絡。

(四) 質性與量化相互轉換的途徑

量化的研究如果想要轉化成爲質性的研究，只要在重要概念的內涵上，分別設計量化問卷與質性訪談綱要，就可以產生質性與量化相互轉換的效果。例如：在問卷調查的每一個題目上，多加一個爲什麼的訪談綱要就可以。以呂坤岳（2024）的研究爲例，在問卷調查的每一個題幹中，增加「爲什麼」就可以。

案例 4-25：國小教師教學信念問卷

第二部分　教學信念（量化問卷）

填答說明： 請您依照目前的認知及感受是否與句中所描述的內容一致，並依 1 至 5 給分，分數越大表示句中所描述的情形與目前您的認知及感受相符合。	極不符合	不符合	有時符合	很符合	完全符合
1.　我認為在設計課程前，應該要依據課程目標。	1	2	3	4	5
2.　我認為在設計課程前，應該要考量學生的學力差異。	1	2	3	4	5
3.　我認為在設計課程前，應應該要配合學校特色及行事曆。	1	2	3	4	5
4.　我認為在設計教學活動前，應該要結合學生的生活經驗。	1	2	3	4	5
5.　我認為在設計教學活動前，應該要配合學生的認知能力。	1	2	3	4	5
6.　我認為要針對能力不同的學生，運用差異化的教學方法。	1	2	3	4	5

第二部分　教學信念（訪談問卷）

填答說明： 請您依照目前的認知及感受是否與句中所描述的內容一致，並依 1 至 5 給分，分數越大表示句中所描述的情形與目前您的認知及感受相符合。				
1.　我認為在設計課程前，應該要依據課程目標。為什麼？				
2.　我認為在設計課程前，應該要考量學生的學力差異。為什麼？				
3.　我認為在設計課程前，應應該要配合學校特色及行事曆。為什麼？				
4.　我認為在設計教學活動前，應該要結合學生的生活經驗。為什麼？				
5.　我認為在設計教學活動前，應該要配合學生的認知能力。為什麼？				
6.　我認為要針對能力不同的學生，運用差異化的教學方法。為什麼？				

綜上所述，學位論文研究的質性與量化研究可以相互補充，可以形成一個更為完整、全面、深入的研究理解。此種相互轉化與互補，有助於研究人員有效地掌握複雜的研究問題，以及深入理解情境脈絡，在研究理論與實踐上，可以取得更有意義的結果。

 ## 過來人的叮嚀與建議

學位論文研究與撰寫，在研究設計與實施方面，包括研究方法的採用與實施、研究對象的選擇、研究工具的編製、研究場所的描述、研究統計的設計、資料的蒐集與分析、研究倫理等方面，都需要研究者秉持著嚴謹的態度、謹慎的研究精神，才能順利完成研究，並撰寫論文。

在研究方法設計與實施部分，研究者需要從過去的研究中，了解前人為什麼採用這種研究方法，而不採用另一種相對應的研究方法，以及研究對象需要有哪些待遇、研究者需要遵守哪些科學的研究流程、如何避免對被研究者產生負面的影響等等，這些都是研究者需要謹慎以對的議題。

第五章

論文研究結果分析
與討論的寫法

5 研究結果分析與
  文獻的關係

6 研究結果的表現
  方式與寫法

7 研究結果分析與
  討論的邏輯關係

8 研究結果分析與
  討論如何契合

9 過來人的叮嚀與
  建議

第五章
論文研究結果
分析與討論
的寫法

1 研究結果分析與
  討論的內容與寫法

2 研究結果分析與
  討論的格式與寫法

3 研究結果分析與
  討論的撰寫順序

4 研究結果分析與
  討論之間的關係

學位論文在研究結果分析與討論的撰寫中，主要是將蒐集到的資料做統計分析或質性歸納，針對研究問題提出現況分析與討論。有鑑於此，在研究結果分析與討論方面，和論文第一章緒論中的研究目的與問題存在著邏輯關係。

 ## 研究結果分析與討論的內容與寫法

學位論文第四章研究結果分析與討論，與第一章緒論中的研究目的與問題存在著邏輯關係與系統性的關係。通常，第四章各節的名稱擬定是依據研究目的而來。案例 5-1 是實驗研究法，在第四章研究結果分析與討論和研究目的之間的關係和寫法，主要是將第一章緒論中的研究目的調整成為第四章各節的名稱；案例 5-2 是問卷調查研究法，在第四章各節的名稱擬定，依據研究目的調整成為第四章各節的名稱；案例 5-3 是屬於經驗敘說研究法、案例 5-4 屬於行動研究法，在研究目的與研究結果分析與討論各節的關係，和前者一樣將研究目的調整成為第四章各節的名稱。

案例 5-1：實驗研究法之研究結果分析與討論中各節的寫法（連舜華，2022）

提升國小學生閱讀理解能力教學設計與實施成效之研究

研究目的

(一) 透過理論探討建構提升國小學生閱讀理解能力教學設計。

(二) 透過實驗研究驗證閱讀理解能力教學設計與實施成效。

(三) 研究者的專業成長與省思。

研究結果分析與討論

第一節　透過理論探討建構提升國小學生閱讀理解能力教學設計分析

案例 5-2：問卷調查法之研究結果分析與討論中各節的寫法（梁鎮菊，2022）

國中學生課後自決學習模組及相關因素：模式建立與驗證

研究目的

(一) 探討竹竹苗國中九年級學生之自決學習、學科學習策略、學業自我效能、學業抗逆力與學業成就的現況。

(二) 分析不同背景變項之國中九年級學生在自決學習、學科學習策略、學業自我效能、學業抗逆力與學業成就的差異。

(三) 分析國中九年級學生之自決學習、學科學習策略、學業自我效能、學業抗逆力與學業成就的相關性。

(四) 檢驗國中九年級學生之學科學習策略在自決學習與學業成就之關係間的中介效果。

(五) 檢驗學業自我效能、學業抗逆力於學科學習策略在國中九年級學生之自決學習對其學業成就（Y）影響之調節式中介效果。

研究結果分析與討論

第一節　竹竹苗國中九年級學生之自決學習、學科學習策略、學業自我效能、學業抗逆力與學業成就的現況分析與討論

第二節　不同背景變項之國中九年級學生在自決學習、學科學習策略、學業自我效能、學業抗逆力與學業成就的差異分析與討論

第三節　國中九年級學生之自決學習、學科學習策略、學業自我效能、學業抗逆力與學業成就的相關性分析與討論

第四節　國中九年級學生之學科學習策略在自決學習與學業成就之關係間的中介效果分析與討論

第五節　學業自我效能、學業抗逆力於學科學習策略在國中九年級學
　　　　生之自決學習對其學業成就（Y）影響之調節式中介效果分析
　　　　與討論

案例 5-3：經驗敘說研究法之研究結果分析與討論中各節的寫法（李世
賢，2024）

偏鄉學校國小校長學校領導模式與檢證之經驗敘說研究

研究目的
(一) 敘說偏鄉小學校長學校領導的情境脈絡。
(二) 敘說偏鄉小學校長學校領導的歷程、困境、因應策略與成效。
(三) 探討偏鄉小學校長學校領導之模式與檢證關係。

研究結果分析與討論
第一節　偏鄉小學校長學校領導的情境脈絡分析與討論
第二節　偏鄉小學校長學校領導的歷程、困境、因應策略成效分析與
　　　　討論
第三節　偏鄉小學校長學校領導之模式與檢證關係分析與討論

案例 5-4：行動研究法之研究結果分析與討論中各節的寫法（李惠萍，
2023）

臺南市國小二年級班級常規管理策略運用成效之行動研究

研究目的
(一) 研擬國小二年級班級常規管理策略之行動方案。
(二) 探討於國小實施班級常規管理策略歷程中，學生的班級常規之實施
　　　成效。
(三) 探討於國小實施班級常規管理策略歷程中所遭遇困境與因應策略。

研究結果分析與討論
第一節　國小二年級班級常規管理策略之行動方案分析與討論

研究結果分析與討論的格式與寫法

　　學位論文第四章研究結果分析與討論部分，研究結果指的是「現況」，研究討論指的是「現況所代表的意義」。一般而言，第四章各節的主要內容依據不同研究方法，而有不同的表現方式。每一節內容之重要概念，都需要分成三段來呈現：

　　第一段：主要內容在於分析現況，將現況用文字表達出來；

　　第二段：主要內容在於討論現況之意義，引用相關研究文獻，討論這一個現況所代表的意義；

　　第三段：主要內容包括統計表或對話、文件、文本、訪談資料等，如果是量化的研究所要呈現出來的就是統計表；如果是質性研究的話所要呈現出來的就是對話、文件、文本、訪談資料等。

　　案例 5-5、5-6 的實驗研究法與問卷調查法在研究結果分析與討論方面，每個概念都包括三段，第一段是說明現況的情形，第二段說明現況的意義，第三段說明統計結果。

案例 5-5：實驗研究法之研究結果分析與討論中各節主要概念的寫法
（連舜華，2022）

提升國小學生閱讀理解能力教學設計與實施成效之研究

第一段：現況之分析

由下表可以得知，低分組學生在中文閱讀理解測驗的t值為-3.981，顯著性為 .028，考驗結果達顯著，表示中文閱讀理解測驗低分組學生在中文閱讀理解測驗之前測與後測的得分有顯著不同，從表 4-21 可以看出，低分組學生在中文閱讀理解測驗的後測得分平均數 36.00 較前後測得分平均數 10.75 為優，顯示低分組學生在閱讀理解能力的表現有顯著進步。

第二段：現況意義之討論（需要引用相關研究文獻）

相關研究結果顯示，不同教學設計對於閱讀理解能力不同的學生之閱讀理解能力有不同程度的效果值，與陳思宇（2020）的研究結果是相符的，不同教學設計對於閱讀理解困難學生閱讀理解能力有不同程度的效果值。閱讀理解策略教學設計能夠幫助學生主動學習，教學現場教師了解到閱讀理解策略教學對學生能帶來如此效益之後，透過這樣的教學研究來理解學生在閱讀理解學習上的困難，並透過教學活動設計來幫助學生增進學生的閱讀理解學習。故能透過適當的閱讀理解策略運用，幫助學生理解讀本內容，幫助提升學生的閱讀理解能力。

第三段：統計表

成對樣本檢定－低分組

		成對變數差異						t	自由度	顯著性（雙尾）
		平均數	標準差	平均數的標準誤	差異的95% 信賴區間					
					下界	上界				
成對1	前測分數低分組－後測分數低分組	-25.250	12.685	6.343	-45.435	-5.065		-3.981	3	.028

案例 5-6：問卷調查法之研究結果分析與討論中各節主要概念的寫法
（翁岱稜，2021）

臺南市國小高年級學生數學學習策略、學習成就及相關因素之研究

第一段：現況之分析

　　由表 4-21 相關分析之結果可知，臺南市國小高年級學生在特殊性學習策略各向度，與數學學習成就皆爲低度相關。其相關程度由高至低分別爲解題策略與數學學習成就之相關（相關係數 $.37^{**}$，$^{**}p<.01$）、統整學習策略與數學學習成就之相關（相關係數 $.36^{**}$，$^{**}p<.01$）、專心經營策略與數學學習成就之相關（相關係數 $.33^{**}$，$^{**}p<.01$）、時間安排策略與數學學習成就之相關（相關係數 $.32^{**}$，$^{**}p<.01$）。

第二段：現況意義之討論（需要引用相關研究文獻）

　　綜上所述可知，國小高年級學生特殊性學習策略與數學學習成就存在正相關，與陳菀如（2012）、謝佳臻（2018）之研究結果相符，顯示學生使用特殊性學習策略的狀況，可以反映在數學學習成就上。

第三段：統計表

表 4-22
臺南市國小高年級學生特殊性學習策略與數學學習成就相關分析表

	一般性學習策略				
	統整學習策略	時間安排策略	專心經營策略	解題策略	整體
數學學習成就	$.36^{**}$	$.32^{**}$	$.33^{**}$	$.37^{**}$	$.37^{**}$

$^{*}p<.05$　$^{**}p<.01$　$^{***}p<.001$

　　案例 5-7、5-8 屬於質性研究方法的運用，因此在結果分析與討論部分，第一段是現況之分析，第二段現況意義之討論需要引用文獻探討中的相關研究，以說明這個現象本身所代表的意義，第三段需要引用對話、文本、語料、訪談資料等。

案例 5-7：經驗敘說法之研究結果分析與討論中各節主要概念的寫法
（李世賢，2024）

偏鄉學校國小校長學校領導模式與檢證之經驗敘說研究

第一段：現況之分析

　　推動九年一貫課程是 108 新課綱實施之前一個相當重要的教育改革里程碑，期望能培養具備人本情懷、統整能力、民主素養、鄉土與國際意識，以及能進行終身學習之健全國民。雖然後來許多實證研究發現九年一貫課程在理想和現實之間存在著許多的落差，對學校與教師帶來各種衝擊和挑戰，也對眾多學子與家長造成諸多困擾，但不可否認的是，山林國小的學校本位課程這方面受益於九年一貫課程的推動，才能有日後榮獲全國教學卓越獎金質獎及後續各項課程與教學成果的榮耀及肯定，這全歸功於學校課程領導教師在校本課程與教學這個面向上所做的努力，以及全體教師在學校本位課程實踐上的用心。

第二段：現況意義之討論（需要引用相關研究文獻）

　　吳俊憲（2004）指出，學校本位課程乃是賦予學校課程彈性與教師教學自主權力，促使教師對於課程發展得以彰權益能（empowerment），建立協同合作的教師文化，達成「學習型學校」之目標；黃政傑（2005）也認為學校本位課程在要求學校體認社區、學校、教師、學生的特殊條件和需求，發揮辦學的主體性，過濾所有校外的課程規定，創造具有學校特色的課程，讓學校課程能切合學生的需求，配合學校條件和社區環境，使教育發揮更大功效。

第三段：文本、對話、語料

　　「其實一開始我們只是在做生態教育方面的課程，因為小朋友對大自然的事物有興趣，加上學校或社區可以提供我們許多課程的資源，大家在課程會議上討論各年級規劃一個可以在校內或社區實踐的生態課程，寫下課程簡案，然後實施教學，也聘請專家到校進行指導，並利用學期末的週三研習時間大家進行教學分享。」（A 師 20231009-14）

　　「我記得學校那時已經在準備參加全市的教學卓越比賽了，當時我覺得這樣的校本課程真的是太有趣了，又是種菜，又是觀察獨角仙的，

我好想讓我的小孩也在這種大自然的環境中成長，所以我就把小孩從市區轉學過來。」（B師20231009-5）

　　「我當時是帶一年級，教小朋友認識學校裡的大樹，教小朋友唱大樹之歌，並教小朋友利用樹葉做成染液進行布染，許多家長也一起來幫忙，動手操作的課程非常有趣。」（B師20231009-5）

案例5-8：行動研究法之研究結果分析與討論中各節主要概念的寫法
（杜罧，2021）

國小低年級英語教師班級經營策略運用之行動研究

第一段：現況之分析

問題一：學生對環境缺乏安全感

　　因應策略：透過畫自畫像並張貼在布告欄的方式，讓學生與環境能產生連結，深化自己與環境的關係，如同裝飾自己的房間一般，讓學生可以在教室的一角，看到自己的存在。

第二段：現況意義之討論（需要引用相關研究文獻）

　　Jones（2005）提及讓學生在一個正向關係班級的環境中，可以快樂的學習，發展適切良好的行為。研究者希望學生透過上述活動，可以在這個環境中感到安心以及信任，他們就更能放寬心與同學及師長交流。

第三段：文本、對話、語料

　　T：老師剛剛有說喔，這是一個很厲害的魔法，你要真的相信自己魔法才會發揮效用，你如果一直覺得自己不厲害，那大家就真的會覺得你一點都不厲害。還有阿，老師剛剛也說，不能光說不練，想要讓大家覺得自己很厲害，那你就要展現出厲害的那一面阿，12號是成績很好品行也很好的那一種厲害，老師覺得你畫畫很厲害啊！你覺得自己畫畫厲害嗎？

　　S11：對啊，我很喜歡畫畫，我也很會畫畫。

　　T：那你覺得為什麼大家不知道你很會畫畫呢？

　　S11：因為我不乖常常被罵。

　　T：嗯！老師現在覺得你很厲害，你知道你做不好的地方，更厲害的小朋友除了知道自己哪裡做不好，最重要的是他會改正喔，知錯能改是非常勇敢非常令人刮目相看的！

三　研究結果分析與討論的撰寫順序

　　學位論文撰寫的過程中，有關研究結果分析與討論部分的寫法，建議在第四章各節的主要概念中，撰寫的順序如下：

(一) 先寫第三段的統計表或質性資料

　　由於研究過程中的資料蒐集與分析，量化的研究會先蒐集現況資料，處理統計與分析。因此，研究結果分析與討論可以先將統計資料呈現出來，作為後續討論的依據。

(二) 再寫第一段的現況分析

　　整理好統計表或質性資料之後，接下來的順序就是在第一段說明統計表的內容或質性資料的內容，將主要內容說明清楚。

(三) 後寫第二段現況意義之討論

　　當第三段、第一段完成之後，接下來就是透過文獻探討之相關研究，敘述說明這個現況所代表的意義，從文獻探討中有關這個概念的研究文獻，引述或推論這個現況本身的意義，作為後續研究建議之依據。案例 5-9、5-10、5-11 在研究結果分析與討論時，先寫第三段，其次寫第一段，最後再寫第二段。

案例 5-9：問卷調查法之研究結果分析與討論中各節主要概念的寫法
（翁岱稜，2021）

臺南市國小高年級學生數學學習策略、學習成就及相關因素之研究

第一段：現況之分析

第二段：現況意義之討論（需要引用相關研究文獻）

第三段：統計表

表 4-22

臺南市國小高年級學生特殊性學習策略與數學學習成就相關分析表

	一般性學習策略				
	統整學習策略	時間安排策略	專心經營策略	解題策略	整體
數學學習成就	.36**	.32**	.33**	.37**	.37**

*p<.05　**p<.01　***p<.001

案例 5-10：問卷調查法之研究結果分析與討論中各節主要概念的寫法
（翁岱稜，2021）

臺南市國小高年級學生數學學習策略、學習成就及相關因素之研究

第一段：現況之分析

　　由表 4-21 相關分析之結果可知，臺南市國小高年級學生在特殊性學習策略各向度，與數學學習成就皆爲低度相關。其相關程度由高至低分別爲解題策略與數學學習成就之相關（相關係數 .37**，**p<.01）、統整學習策略與數學學習成就之相關（相關係數 .36**，**p<.01）、專心經營策略與數學學習成就之相關（相關係數 .33**，**p<.01）、時間安排策略與數學學習成就之相關（相關係數 .32**，**p<.01）。

第二段：現況意義之討論（需要引用相關研究文獻）

第三段：統計表

表 4-22

臺南市國小高年級學生特殊性學習策略與數學學習成就相關分析表

	一般性學習策略				
	統整學習策略	時間安排策略	專心經營策略	解題策略	整體
數學學習成就	.36**	.32**	.33**	.37**	.37**

*$p<.05$ **$p<.01$ ***$p<.001$

案例 5-11：問卷調查法之研究結果分析與討論中各節主要概念的寫法
（翁岱稜，2021）

臺南市國小高年級學生數學學習策略、學習成就及相關因素之研究

第一段：現況之分析

　　由表 4-21 相關分析之結果可知，臺南市國小高年級學生在特殊性學習策略各向度，與數學學習成就皆為低度相關。其相關程度由高至低分別為解題策略與數學學習成就之相關（相關係數 .37**，**$p<.01$）、統整學習策略與數學學習成就之相關（相關係數 .36**，**$p<.01$）、專心經營策略與數學學習成就之相關（相關係數 .33**，**$p<.01$）、時間安排策略與數學學習成就之相關（相關係數 .32**，**$p<.01$）。

第二段：現況意義之討論（需要引用相關研究文獻）

　　綜上所述可知，國小高年級學生特殊性學習策略與數學學習成就存在正相關，與陳菀如（2012）、謝佳臻（2018）之研究結果相符，顯示學生使用特殊性學習策略的狀況，可以反映在數學學習成就上。

第三段：統計表

表 4-22

臺南市國小高年級學生特殊性學習策略與數學學習成就相關分析表

	一般性學習策略				
	統整學習策略	時間安排策略	專心經營策略	解題策略	整體
數學學習成就	$.36^{**}$	$.32^{**}$	$.33^{**}$	$.37^{**}$	$.37^{**}$

$^*p<.05$ $^{**}p<.01$ $^{***}p<.001$

四　研究結果分析與討論之間的關係

　　學位論文研究時，研究結果分析與研究結果討論之間，具有相當的邏輯關係，研究者在處理這一部分時，需要謹慎且嚴謹地分析此二者之間的關係。在研究結果分析與討論呈現時，可以採用文字敘述、統計表、文本資料、繪圖方式等，說明研究結果分析與討論之間的關係。

案例 5-12：經驗敘說法之研究結果分析與討論中主要概念用圖與文字表示的寫法（李世賢，2024）

偏鄉學校國小校長學校領導模式與檢證之經驗敘說研究

第一段：現況之分析

　　教育理念來自於我自己個人的價值觀，以及在教育職場中長期的觀察、經歷與省思，受到個人的生活經歷、價值觀、文化陶冶、教育背景等多方面因素的影響。在一切以孩子為中心的全人教育初衷下，我的教育理念為「以人為本」、「從心出發」、「跳脫框架」、「展翅飛

翔」，分述如下：

(1) 以人為本：教育的本質，即在教人成人。引領每個孩子發現自己的天賦，並幫助他們適性發展。

(2) 從心出發：教育的感動，從「心」開始。能尊重他人、知福感恩、親鄉愛鄉，激發個人與團隊潛能，勇敢開創未來。

(3) 跳脫框架：改變，是為了幸福。唯有跳脫既有框架，改變心智模式，用創新來創造更高的價值，展現學校特色，才能有更長遠且卓越的發展。

(4) 展翅飛翔：Open mind, fly to the sky. 培養孩子健康的身心靈，成為愛護土地、珍惜資源、永續發展的世界公民。

第二段：現況意義之概念圖

我的教育理念圖

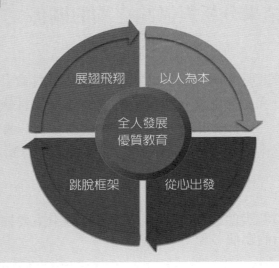

教育理念與學校發展願景圖

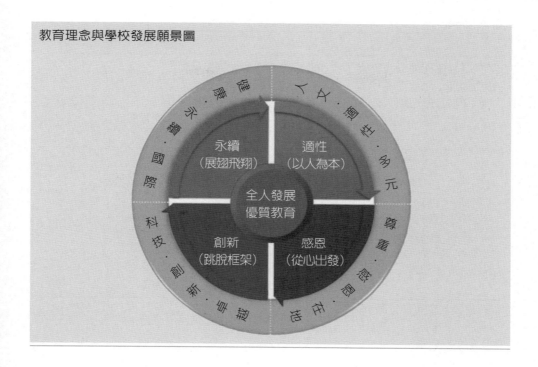

案例 5-13：經驗敘說法之研究結果分析與討論中主要概念用文字與表的寫法（李世賢，2024）

偏鄉學校國小校長學校領導模式與檢證之經驗敘說研究

第一段：現況之分析

　　利用 SWOT 來進行學校的內外部條件分析，清楚學校的機會與優勢、弱勢與威脅，可以幫助學校發展願景的建構。

第二段：現況意義之概念表

山林國小 SWOT 分析表

優勢（S）	劣勢（W）
學生少，教師易於掌握狀況	學生同儕互動低，較缺乏競爭力
組織成員少，容易扁平化管理	基礎學力普遍不佳
社區農特產豐富，自然生態環境佳	生活機能不便

優勢（S）	劣勢（W）
家長普遍信任與支持學校 學生單純，可塑性高 教師平均年齡較輕，有教育熱情	家長參與度較低 弱勢學生比例高 教育資源較不足 教師教學創新之知能較欠缺 教師流動率高
機會（O）	威脅（T）
社區特色多，適合發展校本課程 推動武術強身，全校武術課程 容易爭取社會資源的挹注 學生喜歡接觸大自然 偏鄉弱勢易受到關注 教師樂於學習新知	生源不足，加上遴近友校搶學生 代理教師比例偏高 裁併校的隱憂 提供學生多元學習的機會偏低 學生認識社區的機會不多 青壯人口外流嚴重 教師傳承與銜接的斷層

資料來源：研究者整理。

五　研究結果分析與文獻的關係

　　學位論文研究在結果與討論時，需要將蒐集到的資料進行歸納分析，並進而引用文獻探討中的相關研究，作為延伸意義之依據。在結果分析與討論部分，除了將現況詳細說明之外，也需要引用相關理論、文獻、研究、論述等說明這些現況本身所代表的意義。案例5-14第一段是策略與行動的分析，說明在偏鄉學校問題解決的良方有哪些，為什麼運用這些方法；第二段策略與行動的討論，引用陳芬蘭（2006）、謝傳崇（2021）的相關研究，作為說明與論述之參考。

案例 5-14：經驗敘說法之研究結果分析與討論中引用文獻的寫法（李世賢，2024）

偏鄉學校國小校長學校領導模式與檢證之經驗敘說研究

問題解決的良方——策略與行動的分析討論

一、策略與行動的分析

　　初到山林國小，感受到如同主任所提醒的「原始」、「鬆散」，教師們已習慣這樣優閒的山居歲月，面對可能的改變就會顯得較為擔憂。為了減少夥伴的抗拒，我必須多看多問多聽，了解學校內外狀況，不急著想去主導或改變什麼，建立一個好的基礎。當發現問題時，先突顯解決此問題的迫切性，然後尋求內部共識的建立，再制定可行的策略和計畫，發揮團隊的行動力，解決團隊所面臨的問題，以確保學校的發展和進步。因此，學校領導需要有良好的策略和解決問題的能力，才能帶領團隊解決問題，達成目標。

二、策略與行動的討論

　　陳芬蘭（2006）認為策略領導在於讓組織成員可以基於組織的宗旨、價值，評估外在環境與內在環境等要項，定義出策略的議題，找出策略的建立程序，訂定達成目標的方針，然後訂出在組織策略議題下可行的目標，與完成目標所需的行動規劃，再經由不斷的檢核與回饋來進行調整，讓組織能解決問題，達成未來的願景；謝傳崇（2021）認為校長策略領導的內涵應包含「策略思維」、「共同願景」、「策略執行」，以及「激勵啟發」等四個面向，運用 SWOT 分析自我優劣，建立目標共識與願景，盤點內外資源與擬定計畫加以實施，並激勵關懷支援協助，建立回饋促進組織發展。

六　研究結果的表現方式與寫法

　　學位論文撰寫，在研究結果的表現方式，可以採用圖表、文字敘述等方式，將研究結果呈現出來。如果是量化的研究，建議採用表格或統計表的方式，將研究結果呈現出來；如果是質性的研究，建議採用圖或文字的形式，將研究結果呈現出來。案例 5-15 屬於量化研究的寫法，將研究結果用統計表的方式呈現出來；案例 5-16 到 5-18 屬於質性研究之經驗敘說，將研究結果用流程圖、概念圖、心智圖方式呈現出來，讓讀者可以掌握整體的研究成果面貌。

案例 5-15：問卷調查法之研究結果分析與討論中研究結果用統計表的寫法（翁岱稜，2021）

臺南市國小高年級學生數學學習策略、學習成就及相關因素之研究

第一段：現況之分析

　　由表 4-15 可以得知，學校規模不同的國小高年級學生，在特殊性學習策略的得分上，統整學習策略（$F=6.10$，$p=.00$，$p<.05$）、時間安排認知策略（$F=4.16$，$p=.02$，$p<.05$）、專心經營策略（$F=5.45$，$p=.00$，$p<.05$）以及整體一般性學習策略（$F=4.88$，$p=.01$，$p<.05$）皆達顯著差異，因此進行事後檢定。解題策略（$F=1.60$，$p=.20$，$p>.05$），故不進行事後檢定。

　　事後檢定以 Scheffé's 法分析，在統整學習策略中，學校規模為「小型學校」的學生得分平均顯著高於學校規模為「中型學校」的學生、學校規模為「小型學校」的學生得分平均顯著高於學校規模為「大型學校」的學生；在時間安排策略中，學校規模為「小型學校」的學生得分平均顯著高於學校規模為「大型學校」的學生；在專心經營策略中，學校規模為「小型學校」的學生得分平均顯著高於學校規模為「中型學校」的學生、學校規模為「小型學校」的學生得分平均顯著高於學校規模為「大型學校」的學生；在整體特殊性學習策略中，學校規模為「小型學

校」的學生得分平均顯著高於學校規模為「中型學校」的學生、學校規模為「小型學校」的學生得分平均顯著高於學校規模為「大型學校」的學生。

第二段：現況意義之討論（需要引用相關研究文獻）

綜合上述，可以看出學校規模對學生特殊性學習策略有顯著差異，小型學校的學生在特殊性學習策略之表現，較中型學校、大型學校學生佳。小型學校由於學生人數通常比起中、大型學校而言較少，教師能分配每一位學生的時間相對較多，較能對學生使用特殊性學習策略有適當的引導，使學生在特殊性學習策略的使用上，得分較中、大型學校高，且達顯著差異。

第三段：統計表

表 4-15

不同學校規模的國小高年級學生特殊性學習策略差異比較

向度	學校規模	人數	平均數	標準差	F 檢定	顯著性	事後比較
統整學習策略	(1) 小型學校	128	20.45	3.95	6.10	**	(1) > (2) (1) > (3)
	(2) 中型學校	195	19.07	4.47			
	(3) 大型學校	278	18.96	3.99			
時間安排策略	(1) 小型學校	128	23.52	4.89	4.16	**	(1) > (3)
	(2) 中型學校	195	22.30	5.69			
	(3) 大型學校	278	21.93	4.90			
專心經營策略	(1) 小型學校	128	20.52	3.77	5.45	**	(1) > (2) (1) > (3)
	(2) 中型學校	195	19.27	4.27			
	(3) 大型學校	278	19.15	4.00			
解題策略	(1) 小型學校	128	16.34	3.34	1.60	--	
	(2) 中型學校	195	15.69	3.70			
	(3) 大型學校	278	15.77	3.30			
整體	(1) 小型學校	128	80.83	14.80	4.88	*	(1) > (2) (1) > (3)
	(2) 中型學校	195	76.33	17.16			
	(3) 大型學校	278	75.81	14.63			

*$p<.05$　**$p<.01$　***$p<.001$

案例 5-16：經驗敘說法之研究結果分析與討論中研究結果用流程圖的寫法（李世賢，2024）

偏鄉學校國小校長學校領導模式與檢證之經驗敘說研究

第一段：策略與行動之分析

　　許多校務問題需要仰賴組織成員之間的幫忙協助，大家基於對學校的理念、價值，評估外在環境與內在環境等要項，定義出策略的議題，找出策略的建立程序，訂定達成目標的方針，然後訂出在組織策略議題下可行的目標，與完成目標所需的行動規劃，再經由不斷的檢核與回饋來進行調整，讓組織能解決問題，達成未來的願景。而策略與行動的程序，我將其整理爲：界定組織目標→進行內外部環境分析（SWOT）→形成策略→執行策略行動→成效評估，如下圖所示。

第二段：策略與行動意義之討論（需要引用相關研究文獻）

　　在山林國小服務八年，經常遇到許多校務問題，學校每天都有許多需要做出決策與行動的大小事。司徒達賢（2005）在策略管理的研究中指出，策略領導的運用，可以幫助學校在千頭萬緒的經營課題中找出當前應關注的重點；謝傳崇（2021）也認爲好的策略可以爲組織創造和開拓有利的生存空間，而明確的策略可以指導組織內各種功能政策的取向。學校領導需要有良好的決策能力與解決問題的能力，能制定相關策略與計畫，做好策略領導，發揮團隊的行動力，以確保學校的發展與進步，解決團隊所面臨的問題。

第三段：策略與行動之流程圖

山林國小策略與行動之流程圖

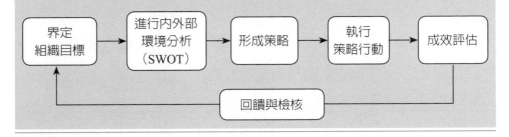

案例 5-17：經驗敘說法之研究結果分析與討論中研究結果用概念圖的寫法（李世賢，2024）

偏鄉學校國小校長學校領導模式與檢證之經驗敘說研究

第一段：偏鄉小學校長學校領導的情境脈絡之分析

在山林國小擔任八年校長，與學校夥伴經歷了的「沉潛蟄伏期」、「順勢而為期」、「轉型發展期」，以及「成熟卓越期」。在這些情境脈絡中，透過學校領導九個內涵層面的交互作為，在歷程、困境中找出適當有效的因應策略，來達到學校領導的成效與檢證。

第二段：偏鄉小學校長領導情境脈絡概念說明

偏鄉小學校長學校領導的情境脈絡圖

沉潛蟄伏期	順勢而為期	轉型發展期	成熟卓越期
初來乍到停看聽	我的起手式	大家同心一起來	看見孩子更好的未來
◆了解校內現狀	◆以學生為中心的教育初衷	◆堅持做對的事	◆高峰經驗的效應
◆認識社區概況	◆萬事起頭難	◆專業授權的開始	◆特色課程 V.S. 基本學力
◆讓大家認識你	◆從容易的先開始	◆信任是領導的基石	◆創業維艱守成不易
◆發現學生的需要	◆老師有夢最好	◆承擔做決定的勇氣	◆讓社區一起翻轉
◆資源挹注	◆校本課程交響曲	◆扛轎二六二法則	◆山林未央歌
	◆改變的陣痛	◆念念不忘必有迴響	

案例 5-18：經驗敘說法之研究結果分析與討論中研究結果用心智圖的寫法（李世賢，2024）

偏鄉學校國小校長學校領導模式與檢證之經驗敘說研究

第一段：偏鄉小學校長學校領導的模式建立

從我個人教育理念出發，到學校發展願景的設立，藉由學校領導九個內涵層面的實務中梳理出校長學校領導的歷程、困境與因應策略，以及達到實踐成效的檢證，建構我在山林國小的校長學校領導模式。

第二段：偏鄉小學校長領導情境脈絡概念說明

校長學校領導模式圖

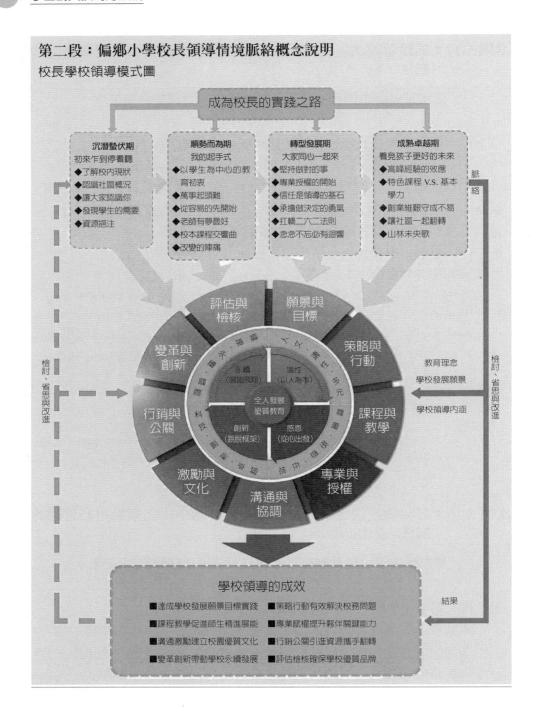

研究結果分析與討論的邏輯關係

　　研究結果分析與討論的邏輯關係，指的是在學位論文研究中，有關學位論文對於研究蒐集到的數據和結果進行分析討論，並且指出這些研究現況所代表的意義和關係，通常研究結果分析與討論的邏輯關係，包括幾個方面：

(一) 研究結果的呈現方式

　　在學位論文研究結果的呈現方式，會將研究蒐集到的數據和結果，透過數字、統計表格、圖表、流程圖方式呈現出來，並且在上面註記這些現象在研究上的主要意義有哪些。

(二) 研究結果的分析

　　在研究結果的分析方面，學位論文研究者會針對研究結果進行解釋和說明，在說明方面包括對數據的統計分析、研究趨勢的觀察、理論模式的辨認運用等，學位論文研究者需要解釋為什麼會得到這樣的結果，這些結果是怎麼來的，採用的研究方法是什麼，包括樣本的特性、研究方法的選擇、研究的實驗設計等方面之因素說明。

(三) 研究結果的討論

　　在研究結果的討論方面，學位論文研究者需要說明分析的結果與研究背景，以及研究問題之間的相關性；研究者也需要針對自己提出來的研究問題，精確地回應這些問題的內容；再者，需要提出研究結果的解釋，解釋不同結果的可能原因，以及將研究與先前的研究做比較分析。

(四) 研究結果與理論的連結

　　在完成研究結果解釋分析之後，研究者還要將自己的研究結果與文獻探討中的各種理論做學理方面之連結，進而加強對相關理論的解釋和討論。這些討論都需要奠基於文獻探討之論述、基礎理論、研究結論等之上。

 研究結果分析與討論如何契合

　　學位論文研究與撰寫，在研究結果分析與討論方面，如果要提高二者之契合度，建議如下：

(一) 研究問題需要明確

　　在展開學位論文研究之前，需要透過文獻探討確保自己的研究問題是具體明確與清晰的，而且還是在未來的研究中可預期、可達成、可完成的研究問題，以利討論研究結果時可以將蒐集到的資料，與研究問題相互連結。

(二) 選擇合適的研究方法

　　透過文獻探討梳理之後，接下來就是針對研究的性質，選擇適當的研究方法與設計，並且能回應學位論文研究問題。如果研究方法與設計不當的話，可能會導致研究結果難以解釋和討論的現象。

(三) 具體的呈現研究結果

在蒐集完資料之後，進行資料數據的綜合歸納，應該以清晰、簡單扼要的文字或表格、圖表等方式呈現，有助於讀者掌握研究者的結果，對於研究結果與討論可以容易理解。

(四) 統計分析與趨勢觀察

在研究結果分析階段，研究者需要依據研究問題選擇適當的統計分析，並且透過統計分析，可以將數據中的現況與趨勢說明清楚，有助於提供客觀具體的研究結果。

(五) 研究結果與文獻連結

在學位論文研究結果討論方面，研究者應該將研究結果與相關的文獻和理論進行有效的聯繫，讓讀者理解自己的研究成果和研究文獻、相關理論之間的關係，進而有更深層的了解，才能提高研究對於學術研究的貢獻。

(六) 明確有效的研究建議

在研究結果分析與討論之後，研究者應該針對自己的研究發現，提出和研究問題相對應的說明，進而針對存在的問題，提出處方性的建議；研究者同時也應該指出自己研究的侷限性，表明自己在研究過程中無法達到的目標，為未來的研究方向提出學理方面的建議。

在研究結果分析與討論的契合度方面，需要研究者在研究過程中，保持一致性的研究態度，確保研究過程中的每一部分都符合科學研究的規範，忠實於自己的研究規劃，遵守學術研究規範準則，並且提出合理的學術研究建議。

圖 5-1

研究結果分析與討論如何契合

（六）明確有效的研究建議　　　　　　（一）研究問題需要明確

研究結果分析與討論如何契合

（五）研究結果與文獻連結　　　　　　（二）選擇合適的研究方法

（四）統計分析與趨勢觀察　　　　　　（三）具體的呈現研究結果

九　過來人的叮嚀與建議

　　學位論文研究撰寫過程，在資料綜合歸納分析中，研究結果分析與討論部分，需要採用系統的資料分析解釋，以利研究者從中了解發展趨勢，進而提出結論與建議。因此，在結果分析與討論時，研究者需要用誠實的態度以對，避免由於個人的預設立場或價值涉入的關係，故意將對於研究主題（或假設）不利的資料隱藏，而強調對自己比較有利的統計資料。

　　在研究結果分析與討論階段，需要研究者引用國內外相關的研究，作為討論與論證的基礎，才能釐清蒐集到的資料本身所代表的意義。這些資料本身的理解分析，都需要研究者以客觀中立的立場，合情合理的解釋運用。如果對於統計資料的理解錯誤，或者故意以不實的立論作為說明，只因為統計結果和研究假設有所出入，則容易造成未來讀者對於研究的誤解，或者產生偏頗的理解，這些都不是研究者該有的學術倫理規範行為。

第六章

論文結論與建議的寫法

5 研究結論的撰寫原則

6 研究建議的擬定原則

7 進一步研究建議的形成與寫法

8 過來人的叮嚀與建議

第六章
論文結論與建議的寫法

1 研究結論需要依據研究目的

2 研究結論需要依據研究問題

3 研究結論與建議之關係與寫法

4 研究建議的形成和寫法

　　學位論文結論與建議是研究者在蒐集完資料，提出研究結果分析與討論之後，連結研究目的與研究問題，進而解決問題而提出的部分。

　　在學位論文撰寫時，研究結論與建議列在第五章，主要是針對研究目的與研究問題，提出研究者所見、所言、所思等，作為解決問題之用並且提出學理方面的建議。依據傳統慣例，學位論文第五章結論與建議，在撰寫過程中不會再引用相關文獻，因而，結論與建議可以看得出來研究者寫論文的功力。本章針對學位論文結論與建議撰寫的議題，詳加分析說明如下。

 研究結論需要依據研究目的

　　學位論文在結論的撰寫方面，除了應該要依據緒論的研究目的之外，也要依據第四章研究結果分析與討論，簡單摘要研究的結論。有關研究結論與研究目的之間的關係，例如案例 6-1 連舜華（2022）的學位論文，採用實驗研究法進行學生閱讀理解方面之研究，在研究目的與研究結論之間的關係是相當密切的，三個研究結論都依據研究目的而來。

案例 6-1：實驗研究法之研究結論與研究目的之間的關係（連舜華，2022）

提升國小學生閱讀理解能力教學設計與實施成效之研究

一、研究目的
(一) 透過理論探討建構提升國小學生閱讀理解能力教學設計。
(二) 透過實驗研究驗證閱讀理解能力教學設計與實施成效。
(三) 研究者的專業成長與省思。

二、研究結論

(一) 有效提升國小學生閱讀理解能力教學設計為閱讀理解策略（BVQPS）教法。

(二) 閱讀理解策略教學法能有效提升國小學生閱讀理解能力。

　　1. 閱讀理解策略教學設計能有效提升學生閱讀理解能力。

　　2. 閱讀理解策略教學設計能有效提升學生之閱讀理解次能力。

　　3. 閱讀理解策略教學設計能有效提升高分組學生之閱讀理解能力。

　　4. 閱讀理解策略教學設計能有效提升中分組學生之閱讀理解能力。

　　5. 閱讀理解策略教學設計能有效提升低分組學生之閱讀理解能力。

(三) 實驗方案教學設計與實施後在教學與學習方面的成長與省思均為正向。

　　案例 6-2 翁岱稜（2021）採用問卷調查法，調查臺南市國小高年級學生數學學習策略、學習成就及相關因素之研究，在研究結論方面與原來擬定的研究目的相互契合。

案例 6-2：問卷調查法之研究結論與研究目的之間的關係（翁岱稜，2021）

臺南市國小高年級學生數學學習策略、學習成就及相關因素之研究

一、研究目的

(一) 了解臺南市國小高年級學生數學科學習策略使用之現況。

(二) 分析不同背景變項的臺南市國小高年級學生在數學科使用學習策略之差異情形。

(三) 探討臺南市國小高年級學生數學學習策略、學習成就及其他相關因素。

(四) 探討臺南市國小高年級學生數學科學習策略對學習成就之預測力。

二、研究結論

(一) 臺南市國小高年級學生在數學領域一般性學習策略與特殊性學習策略的使用有正向的表現。

(二) 臺南市國小高年級學生的一般性學習策略與特殊性學習策略，五年級學生顯著優於六年級學生、主要照顧者學歷高的學生顯著優於主要照顧者學歷較低之學生、小型學校顯著優於大型學校；數學學習成就方面，五年級學生顯著高於六年級學生、主要照顧者學歷高的學生顯著高於主要照顧者學歷較低之學生、有補習之學生顯著高於沒有補習的學生。

(三) 臺南市國小高年級學生的一般性學習策略與特殊性學習策略和數學學習成就有正相關。

(四) 臺南市國小高年級學生一般性學習策略與特殊性學習策略對數學學習成就有預測力。

　　案例 6-3 廖松圳（2024）採用個案研究法，針對實驗小學校長學校領導模式建立與檢證，針對研究目的進行文獻探討，最後提出專業的結論與建議。

案例 6-3：個案研究法之研究結論與研究目的之間的關係（廖松圳，2024）

實驗小學校長學校領導模式建立與檢證之個案研究

一、研究目的
(一) 探討實驗學校校長學校領導的情境與脈絡。
(二) 論述實驗學校校長學校領導的歷程、困境、因應策略與成效。
(三) 探究實驗學校校長學校領導歷程之模式建立與驗證關係。

二、研究結論
(一) 實驗學校校長學校領導的情境與脈絡處在實驗教育氛圍之下。
(二) 實驗學校校長學校領導歷經多重困境壓力，校長能針對困境提出因應策略以度過各種難關。
(三) 實驗學校校長領導歷程建立堅實的模式並且從各方訪談中驗證其成效豐富多元。

研究結論需要依據研究問題

　　學位論文在研究結論的撰寫時，需要依據第一章緒論的「研究問題」，來回應自己設定的問題。而且要以「一問一答」的方式，具體明確地回應；此外，研究結論在回應研究問題時，還需要用「肯定句」的方式回應。案例 6-4 黃彥鈞（2022）運用經驗敘說法，探討實驗小學校長課程領導模式建立與驗證之研究，依據研究問題提出研究論證，透過研究問題的內容蒐集資料，並且提出研究結論。

案例 6-4：經驗敘說研究法之研究結論與研究問題之間的關係（黃彥鈞，
　　　　2022）

實驗小學校長課程領導模式建立與驗證之經驗敘說研究

一、研究問題

(一) 實驗學校校長推動實驗教育的課程領導的情境、脈絡為何？

(二) 實驗學校校長推動實驗教育之課程領導的歷程、困境、因應策略、成效為何？

(三) 實驗學校校長課程領導歷程之模式建立與驗證關係為何？

二、研究結論

(一) 校長課程領導隨著實驗教育不同情境與脈絡擬定對應的策略，展現實驗教育成果。

　　1. 課程聞香期，堅定團隊和社區家長的信心；

　　2. 課程創生期，課程與教學讓學生跨域成長；

　　3. 課程雲端期，展現穩定課程發展之實驗教育成果；

　　4. 課程展望期，呈現卓越之教學成效。

(二) 實驗教育課程領導模式之建立重視理論與實務的結合面向，實驗教育課程領導要能實踐特定實驗教育理念。

(三) 課程領導與專業團隊建立為實驗教育實施成敗關鍵。

　　案例 6-5 侯玉婷（2022）透過個案研究法，探討一位優質幼教師課程轉型之研究：在現實中實踐理想的歷程，針對研究問題回應具體的研究結論。

案例 6-5：個案研究法之研究結論與研究問題之間的關係（侯玉婷，2022）

一位優質幼教師課程轉型之研究：在現實中實踐理想的歷程

一、研究問題

(一) 一位偏鄉的優質幼教師進行課程轉型的歷程為何？

(二) 支持該位偏鄉的優質幼教師進行課程轉型的重要因素為何？

(三) 此偏鄉的優質幼教師進行課程轉型所面臨的困境及因應策略為何？

二、研究結論

(一) 溫老師的課程轉型歷程依據不同的課程模式作為切割點，分為啟動期、發展期、逐漸成熟期及深耕期四個階段，並針對各階段課程轉型的課程模式提出結論。

(二) 支持溫老師進行課程轉型的重要因素：幼教理念、同事的配合、校長的支持與開導、莫忘初衷的精神，以及教師的慈悲心等。

(三) 溫老師進行課程轉型面臨的困境及因應策略：溫老師面臨了班上孩子的閱讀力較薄弱以及推動親子共讀不易之困境，其解決策略為：改以閱讀為主題的課程；加入教育部的閱讀策略計畫；推動親子共讀，並採取「倒頭栽」策略；成為新課綱的實驗學校；將部件教學法融入語文遊戲等策略。

　　案例 6-6 鍾沛涵（2021）的研究——國小學童知覺教師正向領導與學生學習表現關係：自我效能、自我調節的中介效果與感恩特質的調節效果，採用問卷調查法蒐集相關的資料進行統計分析，並且依據研究問題採用統計分析資料提出學術性的建議。

案例 6-6：問卷調查法之研究結論與研究問題之間的關係（鍾沛涵，2021）

國小學童知覺教師正向領導與學生學習表現關係——自我效能、自我調節的中介效果與感恩特質的調節效果

一、研究問題

(一) 教師正向領導對學習表現是否具有正向顯著的影響？

(二) 教師正向領導對自我效能是否具有正向顯著的影響？

(三) 自我效能對學習表現是否具有正向顯著的影響？

(四) 教師正向領導對自我調節是否具有正向顯著的影響？

(五) 自我調節對學習表現是否具有正向顯著的影響？

二、研究結論

(一) 教師正向領導對於學習表現具正向顯著影響。

(二) 教師正向領導對於自我效能具正向顯著影響。

(三) 自我效能對於學習表現具正向顯著影響。

(四) 教師正向領導對自我調節具正向顯著影響。

(五) 自我調節對學習表現具正向顯著影響。

案例 6-7 杜㮮（2021）採用行動研究法，探討國小低年級英語教師班級經營策略運用之情形，在研究問題與研究結論方面，透過行動研究蒐集方案運用的歷程和解決問題策略，分析行動方案的優缺點並提出結論。

案例 6-7：行動研究法之研究結論與研究問題之間的關係（杜㮮，2021）

國小低年級英語教師班級經營策略運用之行動研究

一、研究問題

(一) 適用於國小低年級英語教師班級經營的策略方案為何？

(二) 國小低年級英語教師班級經營策略方案的實施歷程為何？

(三) 國小低年級英語教師運用班級經營策略方案問題與解決策略時學生
　　的反應與看法為何？

二、研究結論

(一) 六大策略方案適用於國小低年級英語教師班級經營。

(二) 行動研究四期程適合作為國小低年級英語教師班級經營策略方案的
　　實施歷程。

(三) 學生對於國小低年級英語教師運用班級經營策略方案問題與解決策
　　略時有良好反應與回饋。

 研究結論與建議之關係與寫法

　　在學位論文撰寫中，研究結論與建議的關係是相當密切的，每一
項具體的建議都必須在研究結論的基礎之上，才能提出具體可行的建
議。案例 6-8 鍾沛涵（2021）之研究，在研究結論與建議之間針對二
者的關係，提出具體明確的處方性建議；案例 6-9 陳冠蓉（2021）採
用行動研究法探討自我調整學習策略對國小六年級學童英語科學習態
度與學習成效，研究結論發現此種方案對於學生的英語學習具有正面
積極之意義，因此，針對行動研究的幾項結論提出對學生學習的教學
建議。

案例 6-8：問卷調查法之研究結論與建議的形成寫法（鍾沛涵（2021）

國小學童知覺教師正向領導與學生學習表現關係——自我效能、自我調
節的中介效果與感恩特質的調節效果。

一、研究結論

(一) 教師正向領導對於學習表現具正向顯著影響。

（二）教師正向領導對於自我效能具正向顯著影響。

（三）自我效能對於學習表現具正向顯著影響。

（四）教師正向領導對自我調節具正向顯著影響。

（五）自我調節對學習表現具正向顯著影響。

二、建議

（一）教師應注重學生自我效能、自我調節，以提升學生學習表現。

（二）教師對於學生所提出的未來規劃都給予正面的肯定。

（三）教師在課堂上讓每位學生參與，並讓學生有成功機會。

（四）教師於引導學生學習的過程之中多運用同儕學習的方式進行，讓學生之間能多互相交流學習的技巧

（五）建議教師能提升學生感恩特質。

案例 6-9：行動研究法之研究結論與建議的形成寫法（陳冠蓉，2021）

自我調整學習策略對國小六年級學童英語科學習態度與學習成效之行動研究

一、研究結論

（一）自我調整學習策略對國小六年級學生英語學習有正面效益。

　　1. 英語學習分析有助於學生擬定合適的學習目標。

　　2. 自我學習觀察促使學生成為主動學習者。

　　3. 學習成果分析與歸因有助於自我調整學習的形成

（二）自我調整學習策略能提升國小六年級學生英語學習態度與學習成效。

　　1. 自我調整學習策略融入英語科課程能提升六年級學生英語學習態度。

　　2. 自我調整學習策略融入英語領域課程能提升六年級學生英語學習成效。

（三）自我調整學習策略對國小六年級學生英語學習態度與學習成效方案實施所遇問題及因應方式可採取有效策略因應處理。

二、建議

(一) 教導學生使用自我調整學習策略。

(二) 透過自我分析使學生更加了解自己英語學習情形。

(三) 運用自我學習觀察紀錄促使孩子審視自己的學習歷程。

(四) 透過學習成果分析引導學生進行正向的自我歸因。

(五) 實施初期需定期檢視學生自我學習情形。

四 研究建議的形成和寫法

學位論文撰寫時，結論與建議有相當密切的關係，如何從結論中提出具體的建議，需要學術研究者相當高的造詣。研究者需要針對自己的研究，提出具體的研究建議。在研究建議方面的撰寫，一般會分成兩段，第一段指出本研究發現什麼，第二段依據研究發現提出具體的建議。

(一) 問卷調查法之研究建議

案例 6-10 翁岱稜（2021）透過問卷調查，研究臺南市國小高年級學生數學學習策略、學習成就及相關因素之研究，依據研究結論提出幾項研究建議，例如：研究建議 (一) 分成二段，第一段是研究結論，第二段依據研究結論提出具體的建議。

案例 6-10：問卷調查研究法之研究建議的形成寫法（翁岱稜，2021）

臺南市國小高年級學生數學學習策略、學習成就及相關因素之研究

研究建議

(一) 在教授數學知識的同時，教導學生運用學習策略

從本研究結果可以發現，不同年級的學生在一般性學習策略和特殊性學習策略上，皆有顯著差異，且年級越高的學生，在一般性學習策略、特殊性學習策略和數學學習成就的得分相對都較低。

建議教師在教學時可以在過程中，加入學習策略之教學，讓學生能運用學習策略，進一步掌握學習內容和自身的學習狀況。此外，數學領域的難度也隨著年級而提升，可能會使學生在學習的過程中遭遇挫折，因此學習策略的使用更加重要，即便課程難度增加，但學生若能掌握學習策略，便有機會提升學習成就。

(二) 關注家庭背景對學生的影響，針對主要照顧者學歷較低之學生加強學習策略的指導

根據研究結果，可以發現主要照顧者的學歷不同，對學生使用一般性學習策略和特殊性學習策略之得分，以及數學學習成就有顯著差異。普遍來說，主要照顧者學歷為「大學」、「研究所以上」之學生，對學習策略的掌握和數學學習成就之表現，皆優於主要照顧者學歷為「高中、高職」、「國中或以下」之學生。

教師應多關注學生的家庭背景，以及學生在學習數學時所遭遇的困難，針對主要照顧者學歷較低的學生，在使用學習策略上加強指導，讓學生學習數學時，能增加對一般性學習策略以及特殊性學習策略之掌握，提升數學學習成就。

(二) 個案研究法之研究建議

在研究建議方面，案例 6-11 廖松圳（2024）採用個案研究法進行實驗小學校長學校領導模式建立與檢證研究，在研究建議之 (一) 融

入社區參與，增益校長的領導模式及成效，包括第一段之研究結論，第二段之研究建議，而且針對研究結論提出相當具體明確的建議。

案例 6-11：個案研究法之研究建議的形成寫法（廖松圳，2024）

實驗小學校長學校領導模式建立與檢證之個案研究

研究建議

㈠ 融入社區參與，增益校長的領導模式及成效

林校長治理自由國小的過程中，不斷強調在實驗教育理念上與家長進行持續對話，解答家長對實驗教育疑慮，促進理念的共鳴，甚至讓家長們成為教育夥伴。

實驗教育校長在達成社區家長信任與實驗教育之理解後，可以進一步發展與社區的合作，尋找機會擴大學校的社區參與項目，尋求異業結盟。這裡所謂的異業結盟，可以包括學校方與當地企業、社區領袖和其他學校建立合作夥伴關係，共謀實驗教育的共同發展。同時，還可以透過公關與媒體合作，保持對外部媒體和公眾的開放態度，積極參與公共關係活動，進一步提高學校的知名度，吸引更多支持。

㈡ 校長領導模式之經驗可供其他實驗學校經營之參考或未來研究之典範

從本研究中發現，自由國小校長領導作為與領導成效的經營策略，有其穩定的經營成效也屢屢獲得各界的認同。自由國小從偏鄉的農村型社區，在校長篳路藍縷的經營下，發展成為舉國皆知績效卓著的公辦公營實驗學校，也漸漸成為華德福教育理念的根據地，特別值得一提的是校長明確領導願景與價值觀，這是實驗學校的成功重要的部分，於領導者清晰的理念和價值觀才有辦法在複雜多變的學校環境引領一群有理念的追隨者體現教育理念與改革。這可供其他學校參考並明確校長自身的教育理念，並將其融入領導風格中。這有助於建立一個共同的願景，推動整個學校社群朝著共同目標而努力。

實驗教育的學校領導強調教學創新與教學技術整合，有了創新的課程，實驗學校才有靈魂，有不斷反思精進的教學技巧，實驗學校才有源

源不絕的動能，引領學生自主學習、快樂學習。其他學校可以將這些元素納入學校的領導模式中，有了創新的元素和有效的教學技能，學校才能有效因應不斷變化的教育環境和個別化學生的需求。

(三) 實驗研究法之研究建議

實驗研究法之研究建議寫法，同樣是針對實驗研究結論提出具體的研究建議。案例 6-12 連舜華（2022）利用實驗研究法，研究提升國小學生閱讀理解能力教學設計與實施成效，透過實驗組與對照組的教學實施成效實驗提出研究結論，並據以提出研究建議，每一項具體的建議都根基於研究結論。

案例 6-12：實驗研究法之研究建議的形成寫法（連舜華，2022）

提升國小學生閱讀理解能力教學設計與實施成效之研究

研究建議

(一) 建立整合各項教材、課程及各種教學法之閱讀理解策略教學模組

本研究發現此項提升學生閱讀理解能力教學實驗課程的設計及實施，對學生的閱讀理解能力之提升是具成效的。

由於只著重在閱讀理解策略之教學，因此建議能再進一步整合各項教材、課程、各種教學法，研發系統性的閱讀理解策略教學模組，將有助於教師進行其他不同方案之閱讀理解教學課程，建立不同的系統性架構的學習方式，並提供學生其他有系統的閱讀策略之學習，以作為差異性之比較。

(二) 針對不同閱讀理解能力學生設計學習單

本研究發現實驗組學童於實驗課程教學後完成之學習單，以 PIRLS 四大閱讀理解歷程「直接提取」、「直接推論」、「詮釋整合」與「比較評估」為主要類目，並分別以主要類目項下細分出之次類目對應之各項答題進行整理與統計。

由於各組學生在各次類目的答對題數都相當接近出題數，因此建議可以針對不同閱讀理解能力學生設計更符合其學習需求之學習單，讓不同閱讀理解能力之學生皆可提升其閱讀理解能力。

(三) 建立有效的閱讀理解策略線上學習平台，提供學生更自主且充分的學習場域

本研究由學生課後回饋單發現，大部分的學生對在學校閱讀課的共讀讀本及在圖書室借書回家閱讀是喜愛的。

因為在課堂閱讀課時間或是從圖書室借閱書籍回家閱讀，學生對閱讀理解策略的所學是有限的。所以建議如能建立有效的閱讀理解策略線上學習平台，讓學生可以除了在校實體閱讀課進行學習，還能於課後時間將閱讀理解策略的學習擴展至線上學習平台，提升學生互動性的線上學習，營造一個有利於學生進行課後學習的線上閱讀環境。

(四) 提供不同能力之分組學生合作學習的機會

本研究發現從課堂教學歷程分析中，了解學生於進行閱讀理解實驗課程後之閱讀理解策略實作學習單和中文閱讀理解測驗的得分情形，發現不同閱讀能力的學生在閱讀理解的歷程和各種閱讀理解策略答題情形呈現組間差異，高分組學生在各項閱讀理解策略的答題情形及進步情形，大部分是優於中分組，中分組同樣的情況下亦優於低分組。

所以建議可透過將三組調整之異質分組的學習，促進實驗組學生同儕之間的學習與互動。

圖 6-1

研究建議的形成和寫法

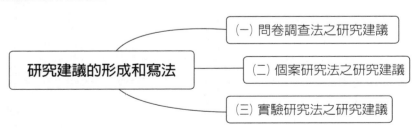

五　研究結論的撰寫原則

　　研究結論與建議是一篇學位論文報告中相當重要的部分，對於學術研究的價值與實用性，提供研究的總結、方向以及未來研究的建議。有關研究結論與建議的撰寫邏輯說明如下：

(一) 簡單扼要原則

　　學位論文的撰寫，在結論方面應該簡單扼要，針對研究成果突顯出本研究的主要發現和結論就可以，避免由於篇幅的關係而引入新的資料或不必要的討論，而是將重點放在研究的核心內。

(二) 回應研究問題原則

　　研究結論應該要針對研究目的與問題，提出具體明確的回應，而且要以肯定句回應研究問題。例如：研究臺南市國小教師幸福感與教學效能，在結論方面就需要直接指出臺南市國小教師幸福感與教學效能的現況，以及此二者之間的關係。

(三) 強調研究的重要發現

　　在結論與建議方面的撰寫，需要突顯出學位論文研究的重要發現，以強調研究的重要性和獨特性，提供對該主題研究有興趣的人員作爲參考。

(四) 研究結論的連結

　　論文研究結論應該要連結到文獻探討中的相關理論、相關研究與研究框架，並且要指出本研究與先前研究的關聯性、一致性或差異性。

(五) 研究的侷限性

任何研究方法都無法解決全部的問題，任何研究方法本身就是一種限制。因此，在討論研究結果時要了解研究的侷限性，在論文適當的地方提出研究範圍與限制，讓讀者了解該研究的有限性。

(六) 指出未來研究方向

在論文結論部分，需要指出研究的不足和需要努力的地方，提出未來可能的研究方向，以利學術研究人員進一步討論相關的議題。

圖 6-2

研究結論的撰寫原則

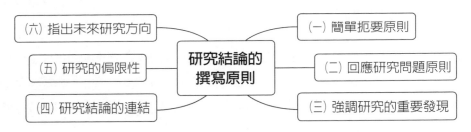

六　研究建議的擬定原則

在研究建議方面的擬定原則，除了應該要依據研究結論之外，也應該要以具體可行的策略為主，避免對空鳴槍或打高空，提出一些願景、理想性但無法執行的建議。有關研究建議的擬定原則，簡要說明如下：

(一) 做什麼研究就給什麼建議

　　學位論文研究在建議方面，應該要「做什麼研究，給什麼建議」，避免天馬行空的建議。例如：研究國小教師教學效能，就應該針對研究結論給教師教學效能提供具體的建議，避免提供行政人員、學校主管抽象而無法執行的建議如增加編製、加薪晉級等過度抽象的建議。

(二) 針對政策或實務給建議

　　學位論文如果針對政策執行或實務工作進行研究，可以依據研究結論提供政策擬定與執行上的建議，進而連接學術研究與政策執行面。例如：研究大學教師的教學策略，研究結論就可以針對精進大學教師教學政策提供具體可行的建議。

(三) 建議需要具體可行

　　學位論文在建議方面的擬定，需要依據研究結論提出處方性的建議。因此，建議方面的擬定需要考慮目前的政策因素，或者建議的提出要「可以立即執行方案」。例如：研究國中班級學生最適人數的編製，在研究建議方面可以針對班級人數提出具體可行的執行方案。

(四) 與研究目標需要一致

　　論文在擬定建議時，應該依據研究結論與研究目標，採行一致的立場，避免有違研究目標的建議。例如：研究高中教師的班級管理策略，提出的建議是增加高中學校經費預算，這一個建議與研究目標相去甚遠，有違背研究目標的現象。

(五) 秉持謹慎樂觀態度

任何教育方面的學術研究，研究者都應該秉持謹慎樂觀的態度，避免將自己的立場、價值觀、意識形態強加入研究過程中，對於自己有利的訊息加以放大宣揚，對於自己不利的訊息視而不見，故意將被擱置在陰暗角落的研究拿出來放大其影響層面。

圖 6-3
研究建議的擬定原則

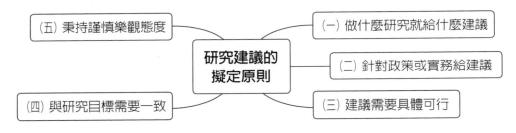

七 進一步研究建議的形成與寫法

進一步研究建議的形成，主要是在研究過程中，由於研究方法與各種因素，研究者無法達成的或者受到的研究限制，都可以透過進一步研究建議提出來。在進一步研究建議的形成時，儘量避免否定自己原來的研究規劃。例如：採用量化研究方法的論文，進一步研究建議則採用質性研究方法，此種論述看起來像是很有道理，但有自己否定自己研究的現象。

案例 6-13、6-14、6-15 雖然採用不同的研究方法，然而在進一步研究建議的撰寫上，都依據研究者設定的研究目的，參考研究方

法、研究主題、研究問題等方面的範疇，進而提出未來進一步研究建議，一來具體可行，再者沒有否定自己原來的研究主題方法。

案例 6-13：行動研究法之進一步研究建議的形成寫法（陳冠蓉，2021）

自我調整學習策略對國小六年級學童英語科學習態度與學習成效之行動研究

進一步研究建議

　　可針對不同地區及年段學生進行研究。本研究之研究對象為臺南市偏鄉地區八位國小六年級學童，學生與師長互動良好，家長配合度較高，學生大多皆有意願且有能力完成研究者指派之學習任務，其學習能力與表現與都市型學童有所差異。建議未來對自我調整學習策略教學有興趣的教育先進，可針對不同地區以及年級的學童進行研究，探究自我調整學習策略教學在其他學習背景學生上的成效。

案例 6-14：問卷調查法之進一步研究建議的形成寫法（翁岱稜，2021）

臺南市國小高年級學生數學學習策略、學習成就及相關因素之研究

進一步研究建議

（一）在研究對象上

　　本研究所選取的研究對象只限於臺南市國小高年級學生，因此研究結果不能推論到其他地區。在未來的研究上，建議可擴大研究範圍，以比較不同地區學生的差異性，也能了解不同地區學生對一般性學習策略和特殊性學習策略的使用。如此一來，所得到的研究結果，較能推論到其他地區。

（二）在研究方法上

　　本研究採取問卷調查法進行研究和資料分析，受試者可能受到填寫問卷當下之認知、情緒或其他主觀因素，影響其填答情況。也因為問卷為五點量表，根據填答情況，可能較無法深入了解學生較複雜的感受和

想法。在未來的研究中可加入質性研究的方法，以能深入了解國小學生使用學習策略的實際情形，使研究更趨完整。

(三) 在研究變項上

影響學生數學學習成就的因素有很多，除了一般性學習策略和特殊性學習策略外，可能還有學生本身的學習動機、學習態度；家長的教養態度、家長對學生學習的關心程度等。因此在未來的研究中，也可以將之納入研究變項中，進一步了解這些變項對學習成就的影響，作為教師提升教學成效之參考。

案例 6-15：個案研究法之進一步研究建議的形成寫法（廖松圳，2024）

實驗小學校長學校領導模式建立與檢證之個案研究

進一步研究建議

本研究從實驗教育校長領導模式建立與驗證，在訪談過程中，建立了林校長領導模式，分別是願景領導、轉型領導、課程領導與道德領導，並分別對林校長、主任、教師與家長做深入訪談，得到林校長學校領導作為與領導成效的關聯性與得到理論實務的驗證，得到實驗學校經營的成果。建議除了對實驗學校領導議題的研究，可以進一步擴展研究範圍，以深入對實驗教育更全面性的理解，以下是建議的研究方向：

學科整合模式的探究：探討實驗學校不同科際之間的整合模式，主學習與副學習的統整，這可以透過觀察教學實踐、學生表現和教師反饋等方式進行，讓主學習與春、夏、秋、冬四季活動作更有效的結合。

媒體行銷策略探究：分析華德福實驗學校現行的媒體行銷策略，並探討其對學校形象、招生和社區互動的實際影響。考察不同媒體平台在推廣中的運用，以及學校可持續發展的行銷方向。

教師專業發展模式：研究現有的教師專業發展模式，評估其對教學品質、學科知識和學生學習成果的實際影響。探討提升教師專業發展的方法，以促進更有效的教學和學校發展。

家長參與與學校發展：分析華德福實驗學校中家長參與的模式，探討其與學生學業表現、教育滿意度及學校整體發展之間的相互影響。考

察如何進一步促進家長參與，以建立更緊密的家長學校合作關係。

教學研究的前瞻性探討：研究華德福實驗學校的教學方法，特別是強調藝術、手工藝及自主學習的特色。考察這些獨特的教學方法對學生學習成效和全人發展的實際影響，並提出未來可能的研究方向。

透過對這些研究議題的深入探討，可以為華德福實驗學校的整體發展提供有力的理論支持和實證基礎，同時推動未來教育研究領域的深入探究。

八　過來人的叮嚀與建議

學位論文第五章研究結論與建議的撰寫，通常不會再引用相關文獻或研究，需要研究者將自己的研究結果用符合學位論文的格式規範寫出來。因此，這一部分最能看出研究者本身的學術研究能力，以及撰寫論文的功力。研究者在這一部分的撰寫，可以參考前人的學位論文在這一方面的寫法和格式。

研究結論與建議之間的關係相當密切，透過研究結論可以延伸出研究者的觀點，以及對於實務現場的建議，這些建議的擬定需要具體可行，避免不必要的論述，以及打高空式的建議。比較理想的方式，在於「研究什麼就提出什麼建議」，才能符合學術研究的倫理。

第七章

論文參考文獻和附錄的寫法

5 參考文獻的臚列方法

6 論文計畫要包括哪些內容

7 正式論文要包括哪些內容

8 論文撰寫的先後順序

9 過來人的叮嚀與建議

第七章
論文參考文獻和附錄的寫法

1 參考文獻的引註與寫法

2 附錄的內容形成與寫法

3 哪些文件不能放在學位論文中

4 如何辨別參考文獻的重要性

　　學位論文中的參考文獻和附錄的寫法，是評鑑論文品質重要的關鍵之一。研究者在處理上述資料時，應該要能精準翔實以利讀者在瀏覽閱讀時，可以隨時透過這些資料的查詢，掌握學位論文的精髓。

 參考文獻的引註與寫法

　　學位論文中的參考文獻，在引註與寫法方面，為了讓讀者可以一目了然，建議參考下列幾個原則：

(一) 養成隨時引用隨時註記習慣

　　撰寫學位論文時，在論文內引用資料時，要養成隨時註記的習慣，避免論文全部完成之後，才一筆一筆找引註的資料，一來浪費時間，再者容易忽略多筆資料的存在。具體的作法是先將想要參考的文獻蒐集齊全，進而依據各章節的內容編排參考資料，撰寫論文時只要引用，就在文內註記引用的作者和年代，並且在「參考文獻」處，依據中文、西文的作者與年代順序排列。

(二) 正確引註標準格式規範

　　學位論文的撰寫需要採用一致的引用格式，才能精準了解一篇學位論文的構成，哪些是研究者的精心著述，哪些是前人研究結晶。在參考文獻的引註時，需要採用 APA（第七版）引註格式規範，才能確保在學位論文中引註的一致性。

(三) 完整的引註方式

學位論文的撰寫，要確保每一個引註都包含完整的資訊，例如：作者的名字、出版年月、論文名稱、書名、出版社、期刊名稱及期別等，提供詳細的訊息，讓對引用文獻有興趣的讀者，可以隨時透過引註的內容找到完整的參考論文。

(四) 不同引用類型資料的標註

學位論文參考文獻在引用時，要依據不同類型採用不同的引註格式，例如：專書、期刊論文、學位論文、會議論文、網頁資料等，需要採用不同引用類型資料的標註。

(五) 確定引註的一致性

學位論文在引註時，需要前後一致，不同章節一致，避免前後出現不同引註的問題，或者引註格式不同，導致讀者對引用文獻來源的誤解。此外，在引用格式的運用方面，也需要前後一致。

(六) 注意同意權的使用

如果論文引註需要經過原作者同意的話，就要設法聯繫原作者，並且取得原作者的同意書函。例如：採用他人編製的問卷調查表，就需要經過原作者的同意，簽署引用同意書；如果修訂他人的問卷調查表，也需要經過原作者的同意。

(七) 標點與排版的問題

撰寫論文在字裡行間的標點與排版，是研究者撰寫論文的態度，因此，要注意文獻引用的標點符號與排版要求。例如：引用作者姓名和出版年月份之間需要使用逗號，字裡行間需要注意是否需要加上引文的寫法等。

(八) 引用文獻順序排列原則

撰寫論文在引用文獻時，除了需要逐筆註記之外，在參考文獻的排列方面，中文需要依據姓氏筆畫及年代排列，西文需要依據字母順序及年代排列原則。在同一作者同一年的論文，需要採用「a」、「b」、「c」等方式註記。

圖 7-1
參考文獻的引註與寫法

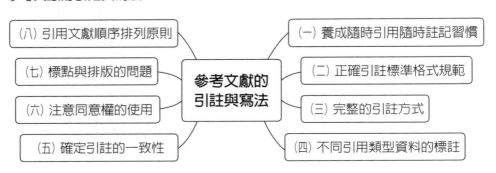

案例 7-1 連舜華（2022）研究提升國小學生閱讀理解能力教學設計與實施成效時，有關閱讀理解意義的引用文獻，從國內到國外的引用文獻，採用依據年代註記的方式。

案例 7-1：論文引用文獻的註記與寫法（連舜華，2022）

提升國小學生閱讀理解能力教學設計與實施成效之研究

閱讀理解的意義

　　Mayer 在 1986 年即提出閱讀理解必須具備三種知識（林清山譯，1990）：(1) 內容知識：是指有關文章的主題領域的訊息。如具備及運用先備知識。(2) 策略知識：是指學生所知道的有效學習的程序知識。如在閱讀時做推論及運用文章結構來確定重要的訊息。(3) 後設認知知識：是指閱讀者對他自己的認知歷程以及是否成功的滿足了作業上的要求之知曉情形。如監控是否充分理解教材內容。

　　近年來，研究者對於閱讀理解的認知歷程，大致分為「認字解碼」與「理解」兩大部分（柯華葳，1992）。閱讀理解為一連串閱讀技巧的展現（張春興，1996），閱讀理解乃讀者統整文章訊息及本身背景知識，建構出新的心理表徵意義（連啟舜，2002）。Dobbs（2003）認為，成熟的讀者能對文章做預測、組織訊息，並與文本交流，這個動態的歷程就是閱讀理解。閱讀的成分包含了「識字」與「理解」兩個部分。識字是一種重要的基本技能，但是，理解才是閱讀的最終目標，因為唯有理解，才能從文章中獲得意義（柯華葳，2006）。

　　案例 7-2 梁鎮菊（2022）研究國中學生課後自決學習模組及相關因素，再探討翻轉的課程學習模版之取向，引用幾筆國外的研究文獻，依據年代順序由遠而近論述，符合學位論文研究格式規範。

案例 7-2：論文引用文獻的註記與寫法（梁鎮菊（2022）

國中學生課後自決學習模組及相關因素：模式建立與驗證

翻轉的課堂學習模版之取向

　　翻轉課堂已成為近年來教育的新課題，這項翻轉的課堂學習模版更在新冠病毒的侵襲下，徹底的實踐。它顛覆了傳統課程的直接教學，著重於引導學生如何應用自主學習知識，讓學習達到更高層次的學習目

標，學習者採用各種下課後或上課中的學習方式。

　　Bergmann 與 Sams 主張翻轉課堂是一種公認的學習模式，通過切換課堂教學時間和課外練習時間，實現課堂上師生有效的實踐和互動。然而，由於學習者缺乏自律能力，大多數學生可能無法在課外自行內化或整理學校課堂所學習的教材，將其轉化為學習成效的重要資訊，而翻轉課堂學習方法，將幫助學生安排課外時間，有效地進行課前閱讀和深入理解學習內容，從而能夠更有自信於課堂上與同學和教師進行互動學習（Bergmann & Sams, 2012）。

　　Bishop 與 Verleger 在以學生為中心的學習活動中，培養學生的主動學習能力和解決個人學習問題，是一項重要的教育方針，也是被確定為提高學生學習成績的關鍵，在各種學習模式中，讓學生參與主動學習以及有意義互動學習模式是驗證學生願意花費課外時間設定自己的學習歷程（Bishop & Verleger, 2013）。

 ## 二　附錄的內容形成與寫法

　　學位論文撰寫除了正式論文之外，還需要將一些文件放在附錄的地方，以利讀者對感到興趣的主題（或文件）的查詢參考。這些附錄的內容包括一些原始資料、數據、圖表、表格、程序代碼等，用來支持主論文的觀點或論述的資料。

(一) 統計的詳細資料

　　有一些詳細的統計資料，在主文中無法詳細（或礙於篇幅）說明的，可以放在附錄中，包括更為詳細、完整的數據，以利讀者可以深入了解研究的完整數據。

(二) 問卷調查的內容

學位論文研究如果採用問卷調查法的話，研究者就需要編製問卷、修訂問卷或採用他人問卷，才能蒐集研究需要的資料。這些問卷調查本身就需要放在附錄的地方，讓讀者查閱並掌握問卷調查問了哪些問題。附錄的調查問卷，包括預試問卷與正式問卷。

(三) 相關文件或檔案

學位論文如果引用政策方面的文件或歷史檔案，研究者無法在正文中置放冗長的文件，就需要將文件和檔案放在附錄中，提供讀者作為查考之用。例如：與研究有關的文件、合約、證照、許可證等，都可以放在附錄中。

(四) 圖表或表格

學位論文研究中，如果引用大型圖表、表格或其他佐證的插圖、照片等，都可以整合之後，放在附錄中提供查詢。如果是照片的話，可能影響研究倫理者，就應該採用馬賽克方式模糊化。

(五) 技術性的細節

學位論文研究中，如果採用比較複雜的技術性方法、細節、演算公式、計算法、程序代碼等，都可以放在附錄中作為參考之用。

圖 7-2
附錄的內容形成與寫法

案例 7-3、7-4 有關論文附錄的註記，主要是將論文研究中無法放在主論文的資料放在附錄，以利有興趣的讀者可以從附錄資料中查詢主論文提到的研究工具或訊息。

案例 7-3：論文附錄的註記與寫法（林珮婕，2022）

共同學習法融入國小一年級數學領域教學對學生學習動機與學習成效之行動研究

附錄一：觀課紀錄表
附錄二：教師省思日誌
附錄三：數學學習動機問卷授權同意書
附錄四：家長同意書
附錄五：教學單元教案設計

案例 7-4：論文附錄的註記與寫法（陳冠蓉，2021）

自我調整學習策略對國小六年級學童英語科學習態度與學習成效之行動研究

附錄一：英語學習態度量表
附錄二：英語學習態度量表授權同意書
附錄三：觀課記錄表

附錄四：自我學習 SWOT 分析
附錄五：自我調整學習規劃表
附錄六：家長同意書
附錄七：教學單元教案設計

 三　哪些文件不能放在學位論文中

　　一般而言，學位論文中有一些潛在的規範，即事涉機密或有爭議性的文件不要放在學位論文中，避免不必要的困擾。

（一）非學術性的內容

　　學位論文的學術研究是屬於學術性的文件，因此，一般避免將個人的感受、情感色彩強烈的內容、意識形態的立場、與研究主題無關的內容等，放在正式的學位論文中。

（二）未經引用的學位論文

　　在撰寫學位論文時，所有的資料都應該正確引用，避免有抄襲或引用過度的現象，出現學術研究不端的情形發生。

（三）有違反學術倫理的現象

　　學術研究應該要遵守相關機構所定的學術研究倫理，不可以將各種文件或個人資料，在未經他人同意之下在論文的版面透露。例如：個案研究法、實驗研究法的單位、訪談個人的同意書等，不可以放在學位論文的附錄上，以免將研究場所或個人資料曝光。

（四）未經授權的資料文件

　　學位論文研究時，如果使用機關或個人的資料、圖片、表格、論文等，應該要確保自己的引用（或採用）具有合法授權，或者合理使用的權利，避免將未經授權的資料文件放在附錄上面。

（五）違法或臆測的内容

　　學位論文撰寫時，如果涉及違法或屬於臆測部分，儘量不要放在論文中，或者是放在論文附錄。

（六）不當的論文格式或内容

　　學位論文應該要遵守特定的格式和排版，包括論文標題、目錄、參考文獻等，對於不當格式或內容，包括色情、歧視性言論、政治立場等，避免出現在論文中或附錄中。

　　學位論文的撰寫需要遵守學術研究的規範，採用正式的論文撰寫格式，在論文撰寫之前，應該要熟悉學位論文撰寫指南與規定，透過論文的格式規範撰寫，才能寫出一篇精彩具有深度的學位論文。

圖 7-3

哪些文件不能放在學位論文中

四　如何辨別參考文獻的重要性

　　學術研究過程中，在文獻探討時所面臨的問題，在於如何引用重要的文獻、有哪些文獻對研究主題來說一定要引用、哪些理論是需要探討的、文獻的重要性究竟是如何辨別。有關如何辨別參考文獻的重要性，詳加說明如下：

(一) 作者的資歷和背景

　　在引用文獻時想要了解文獻的重要性，可以查一下作者的學術背景和經歷，有些作者在學術特定領域具有豐富的經驗，引用他們的觀點或論述具有相當程度的權威性。例如：臺灣課程領域的「三黃」，向來是學習課程教學領域尊崇的對象。

(二) 文獻被引用的次數

　　引用文獻時可以了解該文獻在學術圈被引用的次數，如果引用次數越多，代表該學者在學術界具有比較大的影響力；如果被引用的次數不多，代表該學者在學術界應該屬於後起之秀或名不見經傳，影響力還需要一段時間的積累。

(三) 期刊登載的影響

　　如果研究報告發表在具有相當高影響力的期刊上（如 *Nature*），通常可以視爲比較重要的文獻。期刊的影響因子主要是該期刊被引用的次數頻率，高影響因子的期刊通常更具學術界重要性。例如：課程教學領域中列入 TSSCI 的《課程與教學季刊》。

(四) 研究方法的完整性

如果文獻中使用的研究方法，比其他的研究方法還要嚴謹，具有相當的系統性，則這一篇研究文獻就比較具有相當程度的可信賴度，避免參考過於主觀或缺乏科學研究基礎的文獻。

(五) 文獻存在的年代

在引用文獻時，也應該要確認文獻發表的年代，過度久遠的研究文獻或論述，除非是具有相當影響力的文獻（如杜威的思維術），否則應該參考比較新的研究文獻，在引用文獻時要考慮文獻存在的時間因素。

(六) 文獻來源的可信度

檢查文獻的來源，除了確定文獻來自具有聲望的學術機構、期刊或出版社，避免引用參考來源模糊或者不明確的研究文獻。此外，也應該要掌握文獻的完整性，看看文獻是否提供足夠的訊息背景、數據和引用能支持其主張。

論文撰寫在參考文獻時，研究者要有能力辨別文獻的重要性和來源，在堆積如山的研究文獻中，能夠考慮文獻的重要性標準，進而判斷文獻的價值和重要性。

圖 7-4
如何辨別參考文獻的重要性

五　參考文獻的臚列方法

　　學位論文撰寫時，要隨時將參考文獻註記下來，並且在論文後面將參考文獻依據 APA 格式規範列出來。參考文獻的臚列方法，說明如下：

(一) 確定引用的 APA格式規範

　　學位論文在參考文獻的臚列方法，主要是參考學位論文撰寫的 APA 格式規範，將曾經引用的文獻詳細的列在論文後面的參考文獻。

(二) 參考文獻中文在前西文在後

　　一般的學位論文撰寫規範，參考文獻的中文在前面，西文放在後面；依據參考文獻的性質，而有不同的寫法。

(三) 參考文獻資料的整理

　　學位論文在參考文獻的整理時，需要蒐集並整理所有需要列出的文獻資訊，這些資訊包括作者的姓名、出版日期、文章的標題、期刊名稱、卷號、頁碼等。

(四) 按照中文姓氏及西文字母排列

　　參考文獻在中文的排列方面，需要依據中文的姓氏筆畫順序排列，如果同一位作者有多筆文獻的話，則依據年代順序由遠而近排列；同一年同一位作者有多筆文獻的話，則用 a、b、c 表示。西文的排列方面，依據作者的姓氏字母順序排列，若有多個作者，通常以第一位作者的姓氏為主要排序標準。

(五) 依據風格格式排列

論文在文獻引用時，需要依據所選的引文風格，將文獻資料依據相應的格式排列，每一種引文風格都要有特定的要求規範。例如：作者名字的格式、標點符號的使用等。

案例 7-5：論文參考文獻的臚列與寫法（林珮婕，2022）

共同學習法融入國小一年級數學領域教學對學生學習動機與學習成效之行動研究

參考文獻

一、中文部分

王文科、王智弘（2019）。**教育研究法**。臺北市：五南。

王金國（2004）。共同學習法之教學設計及其在國小國語科之應用。**屏東師院學報**，*22*，103-130。

王金國（2016）。**教學專業 Update**。臺北：五南。

王偉丞（2020）。**桌上遊戲融入數學教學對國小六年級學生學習動機、學習成就影響之研究──以最大公因數與最小公倍數單元為例**（未出版之碩士論文）。臺北市立大學，臺北市。

朱仲謀（譯）（2006）。**行動研究導論**（原作者：Andrew P. Johnson）。臺北市：五南。（原著出版年：2005）

朱珮菁（2017）。**數學繪本教學在國小四年級學童長方形與正方形之周長與面積學習成效研究**（未出版之碩士論文）。國立臺中教育大學，臺中市。

朱敬先（1997）。**教學心理學**。臺北：五南。

二、西文部分

Brophy, J. E. (1987). Synthesis of research on strategies for motivation students to learn. *Education leadership, 45*, 40-48.

Brown, A. L., Campione, J. C., & Day, J. D. (1981). Learning to learn: On training students to learn from texts. *Educational Research, 10*,14-20.

Combs, A. W. (1962). Motivation and the growth of self: In perceiving, behaving, and learning. *Association for supervision and curriculum development yearbook*, pp. 83-98. Washington, D.C.: National Education Association.

Johnson, D. W. & Johnson R. T. (2002). Learning Together and Alone: Overview and Meta-analysis. *Asia Pacific Journal of Education, 22*(1), 95-105. https://doi.org/10.1080/0218879020220110

圖 7-5

參考文獻的臚列方法

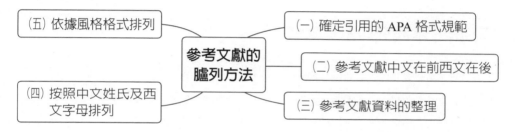

六　論文計畫要包括哪些內容

　　學位論文的撰寫，從研究主題與方法的擬定、相關文獻探討，到研究設計與實施、研究結果分析與討論、研究結論與建議的提出，需要一段漫長的時間。

　　研究生在完成碩士（或博士）學位之前，需要依據學校系所的規定，提出論文計畫口試與正式論文口試，完成相關的手續才能辦理離校，並且完成碩、博士學位。在學位論文計畫方面，必須包括幾個部分：

(一) 第一章緒論

論文計畫第一章緒論，在內容方面包括：第一節研究動機與重要性；第二節研究目的與問題；第三節名詞釋義；第四節研究範圍與限制；第五節研究方法論。

(二) 第二章文獻探討

論文計畫第二章文獻探討，在內容方面包括：第一節重要概念 (一) 的意涵；第二節重要概念 (二) 的意涵；第三節相關研究。

(三) 第三章研究設計與實施

論文計畫第三章研究設計與實施，在內容方面包括：第一節研究方法；第二節研究架構與流程；第三節研究樣本；第四節研究情境與場域；第五節研究工具；第六節研究資料蒐集與分析；第七節研究信實度與倫理等。

(四) 參考文獻

參考文獻包括中文資料與西文資料。

(五) 附錄及相關資料

附錄一般包括附圖、附表、相關資料等。

正式論文要包括哪些內容

　　學位論文的撰寫，在正式論文方面，除了論文計畫內容之外，還需要包括下列資料：

(一) 第四章研究結果分析與討論

　　在正式學位論文第四章方面，包括各個主要概念的研究結果分析與討論，這個方面量化的研究和質性的研究有所不同，量化研究是以統計數字表示研究者關心的研究問題；質性研究是以文字形式描述研究者關心的研究問題，以及其問題存在的情境脈絡。

(二) 第五章結論與建議

　　正式學位論文第五章的結論與建議方面，包括：第一節結論；第二節建議。研究結論的撰寫是依據第一章的研究目的與第四章的結果分析與討論而來，進而提出處方性的建議；而建議是依據研究結論，提出解決問題的建議。

 論文撰寫的先後順序

　　在學位論文的撰寫過程中，其先後順序建議如下：

(一) 先決定論文主題再決定研究方法

　　在撰寫學位論文進行學術研究時，要多方進行學科方面的學習，閱讀相關的研究文獻，從目前國內外的研究文獻中，尋找自己有

興趣或關心的議題,進而與所內的教授討論這些議題的內容,以及成為未來研究主題的可能性和可行性。

(二) 依據論文主題蒐集參考文獻並整理歸納國內外研究

當決定論文主題之後,可以依據論文主題的屬性,透過各種資料庫的查閱,蒐集這個主題目前國內外的研究情形與發展狀況,進而整理國內外的研究作為未來從事學術研究的參考依據。

(三) 蒐集完參考文獻後擬定文獻探討綱要

當透過各種方法蒐集參考文獻之後,需要將參考文獻分類梳理,並且依據參考文獻的整理歸納擬定論文第二章文獻探討的詳細綱要,透過詳細綱要的擬定,可以了解哪些文獻是重要的、哪些文獻是可以佐證的、哪些文獻是可以去掉的。

(四) 整理可以採用的研究文獻

在蒐集完成重要的參考文獻之後,研究者可以依據第二章文獻探討各節的詳細綱要,將參考文獻分類整理,以各節綱要的順序將參考文獻臚列出來,依據年代由遠而近撰寫參考文獻,並進行綜合歸納評述。

(五) 撰寫第二章文獻探討的主要內容

參考文獻依據各節的綱要臚列之後,研究者就可以從自己關心的研究問題,進行文獻方面的梳理和分析,形成論文研究的理論依據。

(六) 撰寫第三章研究設計與實施

　　當完成學位論文第二章文獻探討之後，從國內外研究現況與發展趨勢，研究者可以參考相關研究而決定論文要採用的研究方法。在撰寫第三章研究設計與實施時，可以參考過去相關議題研究的論文，依據格式規範與內容作為撰寫的參考。

(七) 撰寫第一章緒論

　　學位論文的撰寫順序，並不是從第一章緒論開始寫，而是決定論文主題與研究方法之後，先寫第二章文獻探討，再寫第三章研究設計與實施，再回過頭來寫第一章緒論。由於緒論主要是綜合文獻探討與研究設計實施而來，所以撰寫的邏輯順序是第一章在第二章與第三章之後。

(八) 撰寫第四章研究結果分析與討論

　　當論文計畫口試完成，依據口試委員和指導教授的建議改正之後，就可以蒐集研究資料訊息，進而撰寫第四章研究結果分析與討論部分。研究結果分析與討論的撰寫，需要以第二章的文獻探討為基礎。

(九) 完成第五章結論與建議

　　完成第四章的撰寫之後，研究者可以依據第四章的分析與討論，參照第一章提出來的研究目的與問題，擬訂具體可行的解決問題處方性建議，並且依據研究過程與成果提出進一步研究建議。

（十）將參考文獻臚列出來並將附錄附上

論文撰寫最後的階段，就是將研究過程中引用的參考文獻、問卷調查、圖表等方面資料，參考學位論文撰寫格式，放在論文附錄以供查考。

圖 7-6
論文撰寫的先後順序

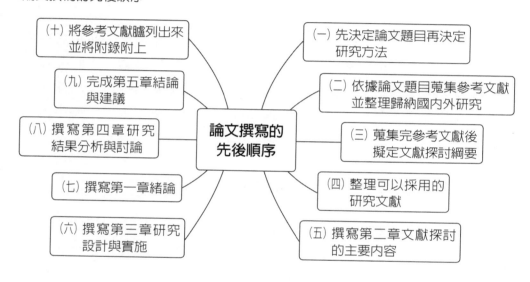

九 過來人的叮嚀與建議

有關學位論文研究與撰寫，是一種系統化且持續性的過程，需要研究者逐步依序完成，才能在研究所階段順利完成碩、博士學位。以下提供幾個過來人的叮嚀與建議，請研究生謹記在心並且確實執行：

(一) 電腦關機前要做三件事

　　資訊科技的快速進步，讓研究者可以迅速掌握各種研究資料，查詢研究文獻可以透過各種軟體，快速取得研究報告。在撰寫論文時手寫的時代已經過去了，一般的研究者都會在撰寫論文時使用電腦設備。建議在電腦關機前要做三件事情：(1) 將資料存檔；(2) 將資料另存新檔；(3) 將資料寄給自己。如此，可以保護資料的完整性，同時也可以預防資料的流失。

(二) 隨時更新文獻引用資料

　　研究文獻的更新相當的快速，如果先進、先端的研究沒有引用最新的研究文獻，則論文的品質會打折扣，或者在論文審查時無法取得高分，影響論文的發表或期刊的刊登。因此，在研究文獻的引用時，建議研究者隨時掌握最新的研究狀況，適時地更新研究文獻以及引用資料。

(三) 超前部署避免進度落後

　　學術研究是一種漫長且系統的工作，研究者會在計畫中註記研究甘梯圖，作為掌握研究進度的依據。學位論文何時完成、研究生何時完成學位，其實掌握在研究者身上。一般而言，論文完成延誤的問題，關鍵大部分在研究者身上。因此，在研究過程中需要超前部署，才能避免因各種突發狀況而耽誤學術研究完成的進度。

(四) 完成論文前容易出狀況

　　學位論文研究與論文撰寫，是一種既繁雜且辛苦的過程，在論文研究即將口試前夕，研究者幾乎都已經身心疲憊，還要校正論文的內

容準備送印，因此，這一個時刻最容易出狀況。建議研究者在論文完成前夕，特別注意自己的身體狀況，以及外出行動方面的安全。

(五) 別讓指導教授訂正錯字

　　由於學位論文的撰寫不僅是研究者的工作，還涉及受試者、同儕、指導教授等人員的配合。一般來說，大學教師平時都相當忙碌，需要論文指導時最好能事先預約，給指導教授充分的時間審閱自己的論文。研究生儘量不要逼宮，或者讓指導教授的時間花在訂正自己論文的標點符號、錯別字等，如此容易降低指導品質，對於自己的論文也會有不利的影響。

圖 7-7
過來人的叮嚀與建議

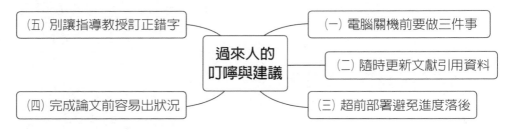

第八章

論文口試的注意事項

```
⑤ 論文口試之後的
   修改流程

⑥ 論文口試之後到
   辦理離校手續

⑦ 高質的論文要具備
   哪些條件

⑧ 過來人的叮嚀與
   建議

        第八章
        論文口試的
        注意事項

① 學位論文口試的
   準備事項

② 論文口試當天要
   準備什麼

③ 論文口試當天要
   注意哪些事項

④ 論文口試如何回應
   口試委員的意見
```

學位論文研究與撰寫過程，論文口試是最後重要的階段，唯有積極完整的準備，才能為自己的學位論文帶來高的品質。學位論文口試和審查方面的準備，學校系所都訂有詳細的辦法要點，研究者應該要先熟悉學校的口試要點規範，加上學長姐口耳相傳的經驗，作為準備的參考。

 學位論文口試的準備事項

學位論文口試在聯繫方面，是確保口試順利很重要的關鍵，在聯繫論文口試前，需要經過指導教授的同意，以及選定口試委員的人選。有關口試方面的聯繫工作，簡要提供如下：

(一) 確認論文書面資料寄達地點

首先和口試委員聯繫時，需要了解論文的書面資料要寄到哪一個地址以方便委員收件，寄出之後過幾天還需要確認書面資料收到與否。

(二) 確認口試時間和地點等訊息

在論文口試前，要先和委員確認口試的具體時間、地點，以確定自己有足夠的時間進行口試方面的準備。

(三) 與指導教授溝通論文內容等

在口試前應該要和指導教授再次確認論文的內容，並且討論口試可能遇到的問題，或者指導教授希望研究生有哪些重要的表現等。如

果指導教授還希望研究生修改論文，則需要依據指導教授的意見進行論文方面的修正。

(四) 與系所人員確認文件的繳交

研究生就讀的學校系所，對於論文口試都訂有相關的規定，在論文口試之前，需要與系所人員溝通，確保自己的論文已經正確交給相關的系所辦公室，以確保論文口試完成之後學位的授予。

(五) 提早準備各種口試需要的文件

在論文口試前，應該提早準備各種論文口試的文件，包括口試委員審查成績表、審查論文修改意見表、審查費用領據、審查來回交通費領據、論文審定表等相關的表格。

(六) 準備回答口試委員的問題

口試前應該要掌握口試委員的研究方向和專業領域，先預測可能提出來的問題，積極準備各種合理的答案，並且考慮如何回應批判性的問題。

(七) 準備口試需要的資訊設備

口試前應該將口試地點設備（如電腦、單槍投影機）等準備好，確保口試當天的各種設備可以正常運作，如果需要網路的話，也應該在口試前準備好。

(八) 確保口試委員資料的正確性

在口試前夕應該要確認口試委員本身的資料是正確的，避免在聯繫時產生問題，無法順利進行口試。此外，還需要確認口試的程序，了解每個階段的時間分配和安排。

論文口試的聯繫工作影響論文口試過程的順利與否，研究生應該要針對論文口試的流程建立一個屬於論文口試的備忘錄，並且依據備忘錄緊密的聯繫相關人員，避免因爲聯繫不周而影響自己的學位論文口試。

圖 8-1
學位論文口試的準備事項

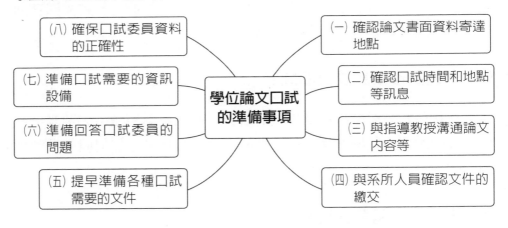

二 論文口試當天要準備什麼

學位論文口試當天對研究生而言，是學習階段重要的學術活動，當天各方面的準備可以看得出來研究生的能力和細心程度。有關

學位論文口試當天準備的事項，簡要說明如下：

(一) 口試文件的準備

論文口試當天的準備事項相當重要，決定論文口試的品質，因此論文口試需要詳細周延的準備。在論文口試當天，需要準備的文件包括論文書面資料（如果委員忘了帶論文紙本，需要立即補上一本）、準備簽署的文件、口試領據、論文核定書、交通費領據等。

(二) 口試現場的各種設備

論文口試現場需要的電腦、投影機、網路連線等，要在口試前多次檢視，以確保口試可以順利進行。如果預定的會議現場出現問題的話，也應該要有備選的會議場所。

(三) 研究生的服裝儀容

準備口試的研究生不一定要西裝革履、華麗套裝，但是應該穿著正式、適當的服裝，以展現出對學術場合的尊重。原則上，在服裝儀容方面，應該以整齊乾淨的外表為宜。

(四) 提前抵達口試會場

研究生在論文口試當天應該要提前到達會場，確定各種口試場所的設備是否可以準時口試，同時也要確定口試委員可以順利抵達口試會場。如果口試會場、出席人員有問題的話，研究生也要有變通方案，例如：另外準備一間會議場所備用。

（五）研究生的心理準備

研究生在口試前一天要避免熬夜通宵，以利保持冷靜、放鬆自己的情緒，準備好應對可能的壓力，並且保持自信，降低緊張的心情。只要在各方面準備齊全，就不會有過度緊張的情形出現。

（六）確認口試時間表

論文口試當天可以依據系所的規定，將口試時間表印成資料提醒口試委員，或者將口試時間放在電腦 PPT 上面。口試時間包括主席致詞時間、研究生簡報時間、委員發問時間、研究生回應時間、宣布口試結果時間。

（七）研究生答辯的態度

研究生在口試委員提出問題之後，應該依據委員提出的問題進行必要的問題答辯，依據委員提出的問題做簡要的回應，將自己的研究結論或文獻梳理的結果婉轉提出說明。避免有搶答的情形、強加論證的現象，以及加重語氣反駁。

（八）會場簡單食品茶點的準備

論文口試當天，研究生為了表達對委員的禮遇，建議依據需要準備簡單的茶點，讓出席委員可以食用一點簡單的點心，以利緩和緊張的氣氛，讓論文口試出席者和參與者都能享受學術討論的溫馨氛圍。

圖 8-2
學位論文口試當天要準備的事項

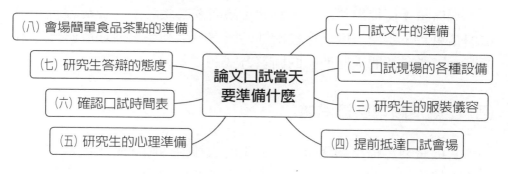

（八）會場簡單食品茶點的準備

（七）研究生答辯的態度

（六）確認口試時間表

（五）研究生的心理準備

論文口試當天
要準備什麼

（一）口試文件的準備

（二）口試現場的各種設備

（三）研究生的服裝儀容

（四）提前抵達口試會場

三 論文口試當天要注意哪些事項

　　學位論文口試是一種重要的學術活動，也是研究所學習的重要場合，需要研究生注意一些關鍵問題，以確保口試可以順利通過。在學位論文口試當天的注意事項建議如下：

（一）對口試委員保持尊重

　　論文口試當天，當委員提出各種意見和提問時，研究生都應該要保持禮貌和專業的態度。回答口試委員的問題時，語氣要緩和婉轉，要清晰、有條理，避免有搶答或與委員爭辯的情形出現。

（二）積極回應建議與評論

　　論文口試時，對於審查委員提出的意見或評論，研究生應該要以積極的態度回應，表達自己的研究心得，並且表示願意接受口試委員的提醒，作為後續修改論文的參考。

(三) 避免過度技術性的回應

當口試委員提出疑慮時，研究生應該要委婉說明，在解釋研究方法與結果時，避免過度使用技術性的語言，以利委員能理解研究的重要概念，避免「問東回西」的回答方式。

(四) 口齒清晰地回答問題

當口試委員提出問題時，研究生的表達要清晰，運用流暢的語言表達，使用正確的專業術語，避免以過度的口頭禪，以及艱澀的用語回應問題。此外，回答問題時，避免以背答案的方式回應。

(五) 結構性地回應問題

在回應口試委員的問題時，應該要以問題結構性的方式回應，保持節構清晰，先簡要地回應問題，再做進一步詳細的說明和解釋，避免過於冗長的回答。

(六) 注意時間的控制

研究生在口試當場，自己也要注意時間的控制，避免時間運用不當，影響口試的進行。例如：在 15-20 分鐘的簡報時，用了將近 60 分鐘做簡報；回答口試委員時，一個問題花了 20 分鐘回應，這些都是時間管理控制不當的現象。

圖 8-3
學位論文口試當天要注意哪些事項

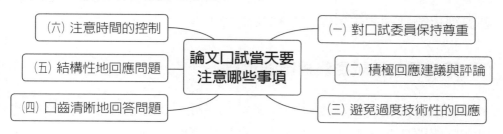

（六）注意時間的控制　（一）對口試委員保持尊重
（五）結構性地回應問題　論文口試當天要注意哪些事項　（二）積極回應建議與評論
（四）口齒清晰地回答問題　（三）避免過度技術性的回應

四　論文口試如何回應口試委員的意見

論文口試當場，口試委員提出問題時，研究生針對問題進行回應，需要以尊重、誠懇和專業的態度回應，才能在論文口試時讓委員覺得受尊重，願意多給予研究生更多的專業指導。

(一) 專心聆聽口試委員的意見

一般的學位論文口試，研究生為了記錄口試委員提出的意見，現場都會在報備之下，將每一位委員的意見錄音下來，做事後的聆聽與整理工作。在口試過程中，研究生也應該仔細聆聽口試委員提出的各種建議和觀點，以確保理解他們的評論內容，以及對論文的修改意見。

(二) 對委員表示尊重和感激的心情

研究生在口試委員提出意見和評論時，應該要在回應時表現尊重和感激的態度，感謝口試委員花時間審閱自己的論文，並且評論論

文。此外，研究生也應該冷靜的面對委員對論文的評論，將委員的評論與修改意見，作爲口試完成之後修改論文的依據。研究生不應該對委員提出的評論產生過度的情緒反應與焦慮。

(三) 確定理解口試委員提出的意見

如果研究生對口試委員的評論有不理解，或者不確定的情形，可以在回應問題時，徵詢口試委員的意見或意圖，以確定自己可以正確理解委員的意見。此外，在回應問題時應該依據委員提出的意見先行分類，再針對問題類型給予條理的回應。

(四) 說明修改與不修改的可能原因

論文口試時，當委員提出修改的具體意見，研究生應該針對這些意見思考可以修改與不修改的原因，婉轉地向委員說明，取得委員的認可，避免日後有修改上的爭議。

(五) 與口試委員保持溝通聯繫

認眞負責的研究生，在口試現場應該要珍惜口試委員提出的修改意見，作爲論文口試完成之後的修改參考。口試之後，也應該要和口試委員保持密切的聯繫，隨時讓口試委員了解研究生修改論文的情形，以及修改論文的努力。

(六) 分享修改調整的價值

論文口試完成之後，除應該與口試委員保持密切的聯繫，讓口試委員了解論文修改的進度，以及研究者的努力外，並要強調論文修改的價值，並且解釋這些修改如何提升論文的品質和學術價值。

(七) 維持開放與虛心學習的態度

在學位論文口試前後，研究者應該要維持開放與虛心學習的態度，面對口試委員提出來的問題和挑戰，保持學習的精神向口試委員請教，對於提出來的質疑和建議，也應該要遵守並作爲修改的參考。

(八) 謙虛地接受各種建議

一般來說，學位論文口試邀請的委員，都是在該領域具有相當研究經驗的教師，可以在論文審查時提供專業的建議，讓研究者了解需要修改調整之處。研究生在完成口試之後，需要謙虛地接受各種修改審查意見，針對建議進行論文的修改調整，以提升論文的學術價值與品質。

圖 8-4
論文口試如何回應口試委員的意見

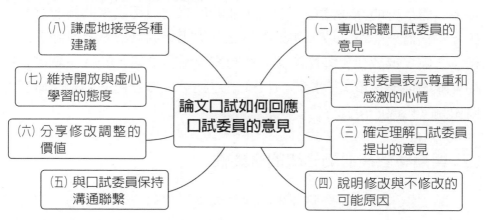

五 論文口試之後的修改流程

　　學位論文口試之後，可能會根據口試委員的建議和評論進行修改。以下是一些常見的修改原則：

(一) 仔細閱讀口試委員的審查意見

　　一般來說，學位論文口試委員都會在口試當天提供修改的意見書面資料，或是研究生在經過同意之後，會將口試委員的意見錄音下來，作為論文修改的參考。研究生對於口試委員提供的評論和建議，要確實掌握每一個評論要點的內容。

(二) 選擇性接受審查建議

　　學位論文口試時，審查委員會依據自己的專長與研究經驗，提供各種具體可行的修改意見。然而，並非所有委員提出來的修改意見，研究生都需要照單全收，如果委員之間提出來的修改意見剛好有意見相左之處，或者對於整體論文修改有窒礙難行之處，研究生就需要斟酌實際的情形，或者與指導教授商討之後，依據自己的判斷和研究方向做論文修改的選擇。

(三) 與指導教授討論修改的必要性

　　論文指導教授對於研究生的學位論文，從研究方向構思、擬定研究題目、選擇研究方法、進行文獻梳理、研究設計與實施等，是最熟悉的一位師長。因此，在論文口試完成之後，進行修改調整工作時，需要密切與指導教授討論修改的地方與修改的必要性。

(四) 修改應著重關鍵性問題

　　論文修改時，從何處著手、何處修改、何處調整、何處保留等，應該針對關鍵性問題進行可行性的修改。論文修改在關鍵性問題方面，可能包括研究架構、數據分析、結果分析與討論、結論與建議方面，研究生可以和指導教授討論之後，再決定要修改的地方。

(五) 確保論文修改的一致性

　　學位論文口試完成之後，在論文修改方面，需要著重修改前後的一致性，避免修改部分而忽略論文前後的一致性問題。例如：文獻探討修改之後，應該調整名詞釋義，以及研究架構；研究架構調整之後，應該修改研究結果分析與討論；研究結果分析與討論變更之後，研究結論與建議就需要隨著改變。

(六) 維持原有論文結構

　　論文口試結束後，在整體的修改中需要維持論文結構的清晰和邏輯，修改過程中儘量避免對整體結構產生巨大的改變。此外，在論文修改時，應該審慎修改論文的格式與風格，以利論文用字遣詞表達清晰，以符合學位論文寫作的一貫性。

(七) 謹慎檢查修正錯誤之處

　　學位論文口試之後，針對口試委員提出的修改建議，研究生要審慎修改論文的格式和修改的方式，並且要確保清晰且符合學術寫作的標準，修改後的論文避免與原來的論文差距甚大。

(八) 再次檢查引用部分與參考文獻

論文修改之後，應該要多次確認論文中引用的文獻格式是否一致、引用文獻是否臚列齊全、附錄資料是否依規定附上、寫作是否符合學術寫作的標準。

圖 8-5
論文口試之後的修改流程

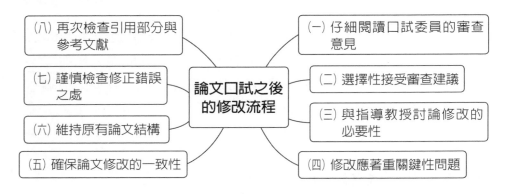

六 論文口試之後到辦理離校手續

學位論文口試完成之後，接下來的工作就是論文修改，並且經過指導教授同意之後，繳交論文書面資料並辦理相關手續，完成離校手續取得畢業證書：

(一) 繳交修改後之論文資料

論文口試並完成論文修改之後，就確保可以獲得學位。研究生需要向學校系所繳交論文資料，並且辦理各種離校手續。在論文資料

方面，包括論文的書面資料，以及論文需要上傳到國家圖書館的手續等。

（二）繳交相關資料文件

在辦理離校手續之前，研究生應該要準備各種文件資料，包括論文書面資料、口試委員簽署同意書、論文修正紀錄表、與指導教授商談論文紀錄文件、學位證書申請表等文件。

（三）歸還向學校借用的圖書或資料等

除了上述文件之外，研究生還需要將研究所期間向系所單位借用的器具（如電腦）等歸還給就讀單位；此外，向圖書館借用的書籍和資料也應該彙整齊全還給圖書館。

（四）繳交學校相關的費用

畢業離校之前，應該要將各種費用繳交給學校，例如：學生宿舍住宿費、申請學位證書所需費用、跟學校借用器具的各種費用。

（五）留下聯繫資料並參加畢業典禮

完成學位論文口試，辦理離校手續之前，研究生應該留給系所人員自己的聯繫資訊，以利未來學校單位與自己聯繫之用。此外，應該在學校校友服務單位留下聯繫資料以利未來的聯繫，確保學校能夠隨時和自己聯絡。

圖 8-6
論文口試之後到辦理離校手續

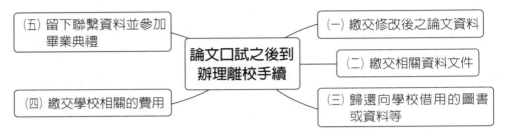

（五）留下聯繫資料並參加畢業典禮

論文口試之後到辦理離校手續

（一）繳交修改後之論文資料

（二）繳交相關資料文件

（四）繳交學校相關的費用

（三）歸還向學校借用的圖書或資料等

七 高品質的論文要具備哪些條件

學位論文的撰寫與研究需要研究者秉持嚴謹的態度、科學的研究精神，努力蒐集國內外研究文獻，才能成就高品質的學位論文。

(一) 確定研究目的與問題

學位論文的撰寫，首要的步驟是確定清晰、具體且有正確研究價值的研究目的與問題，而且研究目的是可以達成的，具有相當程度的學術貢獻。

(二) 深入且系統的文獻梳理

學位論文的撰寫，在研究文獻的整理方面，需要有一個全面且深入的文獻回顧梳理，以掌握研究主題目前國內外的研究現況、趨勢與發展，進而連結自己的研究，以利提出具有貢獻的結論與建議。

(三) 明確妥善的研究設計與實施

在學位論文研究與撰寫中，透過文獻探討梳理，擬定採用清晰而且可以重複的研究方法進行資料的蒐集並分析，在研究方法部分包括研究設計、研究對象的選擇、研究資料的蒐集和分析等，都需要詳細的描述，有助於他人了解自己的研究，並且可以重複自己的研究。

(四) 組織良好的研究結構

除了妥善的研究設計與實施之外，在論文的研究結構上需要清晰明確的組織，包括緒論、文獻探討、研究設計與實施、研究結果分析與討論、結論與建議等，每一個環節組織都需要環環相扣，符合科學研究方法論的特性需求。

(五) 符合邏輯的論證與論辯

學位論文每一個部分的敘述，都需要使用有力的論證支持自己的觀點，這些包括研究理論、數據統計分析、嚴正的研究結果、相關權威觀點研究的引證等。

(六) 論文撰寫風格與格式

嚴謹且具有說服力的科學研究，在研究結果報告方面之呈現，需要具有清晰、精鍊、精準且正確的語言陳述，避免冗長的描述與不必要的詞彙，字裡行間需要強調研究的重要觀點論述。

(七) 謹慎引用與參考文獻的臚列

論文撰寫過程避免「言而無據」、「過度引用」、「缺乏立場」的現象，研究者應該注意論文撰寫的引用，將所有參考文獻詳細臚列

出來，以利讀者瀏覽引證。

（八）納入研究案例並強化論文效果

論文撰寫過程中，研究者應該引用具體的研究實例，藉以強化自己的觀點論述。此外，適時地運用圖表、表格、圖片、統計圖等，增加並強化論文的可讀性，得以讓讀者掌握自己的研究邏輯、研究結果。

圖 8-7
高品質的學位論文要具備哪些條件

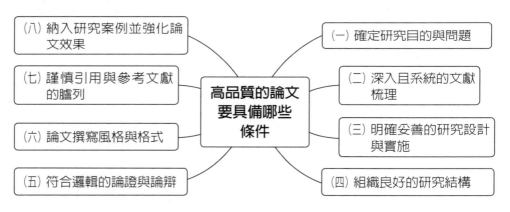

八　過來人的叮嚀與建議

學位論文與學術研究是一件需要系統性與連續性的工作，需要的是嚴謹的態度與細膩的心思才能完成。因此，在論文計畫（或正式論文）撰寫時，每一個階段都需要嚴謹以待。針對論文口試有一些需要再次叮嚀的事項，詳以文字說明之：

(一) 出席學長姐的論文口試累積經驗

在研究所求學階段，應該找機會多次出席學長姐的論文口試，從學長姐的論文口試場合累積自己的口試經驗。從出席他人的口試場合，可以了解他人的準備情形，也可以了解他人犯了哪些不該犯的錯誤，這些錯誤要避免自己未來重蹈覆轍。

(二) 建立一個屬於自己的口試備忘錄

做任何事情都需要有完善的規劃，才能在未來執行時有妥善的執行。在論文口試之前，研究生應該從他人的口試經驗之中，建立一個屬於自己的口試備忘錄，這些備忘錄應該要包括請哪些人當委員、這些委員如何聯繫、怎樣將書面論文寄給委員、口試的日期和時間、口試地點的通知、口試文件的準備、口試書面資料的準備等。只有周延的口試備忘錄才能在未來的口試中穩操勝算，不至於因為準備不周延而影響口試當時的情緒等。

(三) 與其憑想像不如多請示指導教授

在大學中擔任論文指導教授，一般來說都具有相當豐富的經驗，這些經驗包括請哪些人擔任口試委員、怎樣聯繫口試委員、口試書面資料的準備、口試前的聯繫、口試當天的準備、口試後的論文修改等。研究生應該在論文完成之後，經過指導教授的同意，聯繫口試委員準備論文口試。在準備論文口試各方面的聯繫上，多方請示指導教授準備的方向和事項，才能避免因為任憑想像而出差錯。

(四) 聯繫委員時要寫一個詳細備忘錄

　　每一個大學教授在口試研究生時的風格與形式方面，因人因事因論文而有所不同。有些教授會先將審查意見事先給研究生，有些教授會現場提出論文的優缺點，有些教授會提出溫和的修改意見，有些教授會提出艱難的問題讓研究生難堪。在聯繫口試委員時，研究生應該要寫一個詳細的備忘錄，包括口試委員的通訊地址、聯絡方式、來回交通方式、飲食習慣等，提供自己在準備時多加留意。

(五) 避免把做到哪裡想到哪裡視為理所當然

　　研究生有機會出席學長姐的論文口試，應該從出席中學習成長。例如：哪一位教授習慣喝無糖的咖啡，哪一位教授不喝加牛奶的咖啡，哪一位教授不吃含牛肉的便當，哪一位教授習慣喝溫開水等等。這些註記有助於幫助研究生了解不同的委員在口試時有哪些實質上的需要，避免在準備口試時有做到哪裡想到哪裡，想到哪裡做到哪裡的情事發生。

(六) 研究生的處事態度決定生涯高度

　　在研究所階段，擔任口試委員的各學校教授會透過口試當天認識研究生，也會從研究生的聯繫工作上，了解各個研究生的處理態度和能力。以往的經驗顯示，研究生完成學位之後（尤其是博士生），到各個學校投履歷時，各學校系所的教授在昔日口試研究生時的印象，會成為日後求職的助力或絆腳石。因此，研究生的處事態度會決定未來生涯的高度。凡事應從處事細節看起，而不是從言語中看一個人。

圖 8-8

過來人的叮嚀與建議

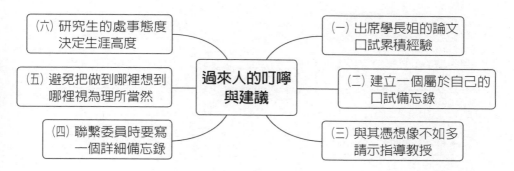

第九章

學位論文如何改成
投稿論文

5 審查委員的意見
如何回應

1 學位論文與投稿
論文之間的差異

第九章
學位論文如何
改成投稿
論文

2 學位論文的改寫
要領

6 AI 時代來臨對論文
撰寫的建議

3 投稿期刊論文應該
注意的事項

7 過來人的叮嚀與
建議

4 如何選擇投稿期刊
論文

　　學位論文的研究涵蓋該領域重要的學術研究，研究結果與建議可以提供研究重要的參考，對於研究議題發展具有正面積極之意義。學位論文研究完成之後，建議在該領域重要的期刊中發表，與學術中人共同分享自己的研究成果。本章的重點在於說明學位論文與期刊論文之間的關係，提示說明如何將學位論文改寫成期刊論文。

 一　學位論文與投稿論文之間的差異

　　學位論文與投稿論文是兩種不同性質的學術寫作，此二者之間有相似之處，也有差異之處。學位論文完成之後，要改寫成期刊論文之前，需要了解此二者之間的關係，也要掌握彼此之間的差異。

(一) 學術論文呈現目的不同

　　學位論文通常是為了完成學位要求而撰寫的，學生在完成碩士（或博士）課程時，需要繳交一篇學位論文，以展示自己對學術研究主題的研究過程和理解；期刊論文是研究生為了在學位論文完成之後和學術界報告研究成果，將學術貢獻和學術社群分享。

(二) 寫作風格有所差異

　　學位論文的研究與撰寫在內容方面需要很詳細的陳述，包括研究動機與重要性、文獻探討與詳細梳理、研究設計與實施的詳細描述、研究結果分析與討論、結論與建議等；期刊論文的撰寫風格和格式與內容方面的規範，通常要求更為簡明，在內容方面著重於清晰有力的論證，以及對研究貢獻的明確陳述。

(三) 論文審查程序不同

　　學位論文的審查通常是由就讀系所的指導教授建議，進而由學位論文審查委員會指定口試審查委員，進行學位論文的口試，針對研究生對研究主題的論文撰寫與學術寫作水平給予審查；期刊論文的審查是由投稿的期刊主編邀請期刊的審查委員，透過匿名的同儕審查，由獨立的二或三位委員進行評估，內容包括論文的原創性、研究方法、結果與學術領域的貢獻等。

(四) 論文發表的形式有所差異

　　學位論文的發表，主要是提供學校系所內部進行論文發表審查，並未要求在學術期刊或學術會議上發表；期刊論文通常會要求在經過同儕審查的學術期刊、會議或研討會上發表，以利和學術社群人員分享研究成果。

(五) 論文格式撰寫規範不同

　　學位論文的撰寫格式需要依據學術研究規範 APA 格式，或是就讀學校系所規範格式和結構要求，以確保學生的論文符合學位要求；期刊論文有特定的格式和引用風格要求，論文作者需要遵守各投稿期刊的規定，才能提交論文並通過審查而刊登。

(六) 閱讀者有所不同

　　學位論文的讀者主要是學生的學位論文審查委員，或者在相同領域中，對主題研究有興趣者，才會閱讀學位論文；期刊論文的讀者主要是在學術研究社群中，研究該領域的人員和學者。

(七) 修訂或修改的程序有所差異

　　學位論文在口試之後，需要依據審查委員的意見以及提出的修改建議進行學位論文修改，並且經過指導教授的同意；期刊論文在接受同儕審查過程中，論文的作者在收到審查人員的審查修改意見之後，需要進行修改和改進，並且經過審查委員的認可之後，才能同意刊登以提高論文的品質。

(八) 時間因素有所不同

　　學位論文的修改與完成，在碩士或博士課程的特定時間之內需要完成並且提交論文；期刊論文在接受匿名審查過程中，作者依據審查意見修改需要一段比較長的時間，因此比較不會有時間上的限制。

圖 9-1
學位論文與投稿論文之間的差異

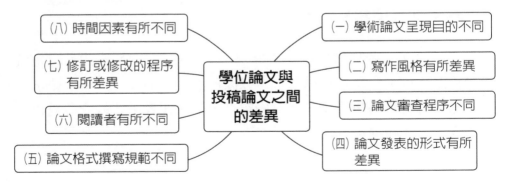

學位論文的改寫要領

學位論文完成之後，一般的研究生（如碩士生）都會在指導教授的要求之下，將學位論文改寫成期刊論文，以分享學術社群人員。一般來說，學位論文改寫成期刊論文，幾個要項提供參考：

(一) 研究問題與目的需要明確化

學位論文完成之後，要改寫成期刊論文，受限於期刊論文字數的關係，在論文內容方面需要清晰地陳述論文研究目的和問題，讓讀者可以快速地理解論文研究焦點。

(二) 精簡冗長的內容

一般而言，人文社會科學的學位論文字數在 10 萬字左右，內容需要包括緒論、文獻探討、研究設計與實施、結果分析與討論、結論與建議、附錄等；期刊論文一般會規範在 1 萬 5 千字以內，因此必須將研究過程中一些冗長的贅述精簡，以簡要的文字、圖表說明研究結果與發現。

(三) 論文內容結構的調整

雖然學位論文和期刊論文的內容格式大同小異，但是在學位論文的呈現方面，可以將結構講得很清楚；改寫成期刊論文時，結構就需要符合期刊的投稿要求，將重複的內容或不必要的細節調整得簡潔明瞭以強調核心訊息。

(四) 論文格式與風格修正

學位論文改寫成期刊論文時，需要依據投稿的期刊要求，參考寫作風格和規範，順應期刊論文的語調、格式和引用風格，並且正確使用論文術語和學術語言。

(五) 研究方法與結果的調整

學位論文由於篇幅和字數的關係，在研究方法與結果方面的敘述需要針對期刊論文的要求，進行實質上的調整。期刊論文通常會要求作者以最簡單扼要的方式，將上述的結果呈現出來。

(六) 注重論文的關鍵詞和摘要

學位論文改寫成期刊論文，需要重新檢視論文的摘要和關鍵詞，是否能真正反映出期刊論文需要的核心內容；此外，在圖表和表格的呈現上應該要適當地精簡，讓讀者對於研究結果能一目了然。

(七) 依據審稿人意見修正論文

期刊論文的審查意見通常是匿名審查方式，因此在收到審稿人意見之後，作者應該依據審查意見做適時的回應修改，以提高期刊論文的品質；如果審查意見和當初口試委員的意見相左，作者應該婉轉說明不修改的觀點。

(八) 參考文獻與格式

學位論文改寫成期刊論文，在參考文獻與格式方面會有所不同，因此需要依據期刊的規範調整參考文獻與格式以符合期刊論文的要求。

<u>圖 9-2</u>
學位論文的改寫要領

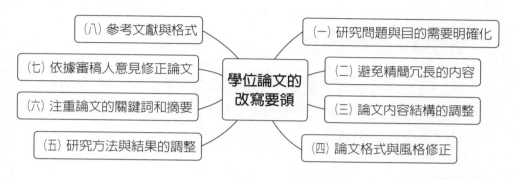

三　投稿期刊論文應該注意的事項

高品質的學位論文，建議改寫成期刊論文，以發揮更高更遠的影響力，分享給學術社群人員。在投稿期刊論文時，應該要注意下列幾個要項：

（一）熟悉並遵守期刊的要求

各種類型的期刊對於論文的要求有不同的格式、風格和規範，學位論文改寫投稿時，要了解並遵守期刊的字數限制、引文風格、圖表格式等方面的規範，以提高刊登的機率。

（二）維持適度的原創性

學位論文改寫投稿期刊時，雖然受限於篇幅和字數，但是仍然要維持論文的原創性，避免將原來的學位論文複製貼上，而是需要重新

組織論文架構、句子結構,並更改詞彙,以免被誤解抄襲自己的學位論文。

(三) 確保論文結構清晰度

學位論文改寫成期刊論文,要確保論文結構清晰、邏輯合理,並且使用清晰的語言表達自己的觀點和立場,避免過度使用技術性的詞彙,以便讀者從閱讀過程中了解自己的研究。

(四) 運用適當的文法和拼寫

學位論文改寫成期刊論文,除了架構清晰之外,也應該要注意論文的內容是否運用適當的文法和拼寫,尤其是中文學位論文改寫成英文期刊時,需要特別注意中文翻譯成英文過程中的各種文法用語等。

(五) 注意引用和參考文獻

論文改寫過程中,要注意用詞、格式、風格的一致性,在引用和參考文獻的臚列時要保持一致性,以確保論文的專業性。

(六) 謹慎修改圖表和數據

學位論文在圖表和數據方面的說明,由於篇幅的關係會比期刊論文更為詳細清楚,所以改寫成期刊論文時,要儘量維持圖表和數據的原創性,並且運用精準的文字說明以提供讀者詳細的閱讀指南。

(七) 尊重審查人員的意見

投稿期刊論文之後,經過一段時間會收到審查意見。在收到審查意見時,研究者要詳細閱讀審查意見,針對審查意見詳細地進行修

改，透過修改過程精進自己的論文，讓論文更具有可閱讀性和可參考性。

(八) 使用正式的撰寫語氣

在學位論文修改時，研究者要仔細檢查論文，包括結構、內容、格式等，儘量使用正式的撰寫語氣，避免有使用口語化的現象。

學位論文改寫成期刊論文是一個辛苦的工程，需要和指導教授緊密地討論，遵守期刊對論文的要求規範，還需要自己謹慎地改寫，以提高自己論文的品質，確保被接受刊登的機會。

圖 9-3
投稿期刊論文應該注意的事項

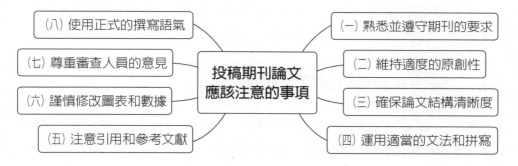

四　如何選擇投稿期刊論文

在選擇投稿的期刊時，可以依據自己論文的學術範疇，仔細閱讀該期刊的規範和內容，作為選擇投稿期刊論文的參考。

(一) 避免投稿掠奪性期刊

近幾年來，由於學術風氣和商業發展的影響，少數人利用研究生（或大學教師）投稿刊登論文的壓力，因而成立各種掠奪性的期刊，打著學術研究的旗號，進行各種的掠奪行為。因此，在學位論文改寫投稿期刊時，要多方打聽以避免誤觸學術期刊地雷。比較理想的方式是多方請教論文指導教授，或者就讀學系的工作人員、就讀系所的學長姐，作為投稿期刊論文的參考。

(二) 針對研究領域和範疇

在投稿期刊論文時，要依據自己的研究領域和範疇，考慮該期刊的性質和規範，以提高刊登的機會。例如：人文社會科學的論文如果投稿到醫學工程的期刊，就會降低刊登的機會；屬於學術性質的論文投稿到一般性的期刊，刊登的機會也不高。

(三) 了解期刊的閱讀群組

每一個期刊設置單位都會針對可能的閱讀社群，決定期刊的性質、範圍、規範等。學位論文改寫投稿時，要先掌握想要投稿期刊的性質，向指導教授請教，作為投稿期刊論文的參考選擇。在清楚期刊的閱讀群組後，才能確保自己的論文適合該期刊的閱讀群組。例如：國內的《臺灣教育月刊》，閱讀群組屬於中小學教師，而且偏向於實務性的期刊；如果學位論文屬於學術性的論文，就比較不適合這一個期刊。

(四) 考慮期刊的聲望與排名

　　一般的學位論文性質比較屬於學術性的論文，因此在投稿時要考慮該期刊在學術領域的聲望和排名，作為投稿期刊論文的參考。此方面，可以透過相關排名榜單的查詢，或者期刊指南等相關學術評論獲得正確的訊息。

(五) 遵守期刊的投稿規定

　　投稿期刊論文時，遵守期刊對於投稿的規定，才能提高刊登的機會。這些規定包括字數、引用格式、版面規範、收費、期刊性質等。

(六) 了解期刊論文審稿制度

　　投稿期刊論文時，需要了解該期刊的審稿制度，以及平均的審稿時間，有助於自己了解發表的時間。如果是有發表時間壓力的論文，就需要慎重考慮期刊審稿的時間流程。此外，投稿期刊論文的作者有權利提出審查「迴避名單」，包括論文指導教授或口試委員。

(七) 費用與合約的問題

　　一般的期刊受理單位都會依據論文性質，訂有各種收費制度與合約規範，論文作者要熟讀這些規範，包括收費與付費問題、論文版權歸屬問題（如研究發明著作權等），避免日後產生不必要的困擾。

(八) 關注評價和回饋問題

　　在論文投稿之前，作者可以查閱過去發表在該期刊上的文章，了解這些發表者多半是哪些人，進而了解該期刊的評價和學術社群人員的回饋情形，作為論文投稿的參考。

圖 9-4

如何選擇投稿期刊論文

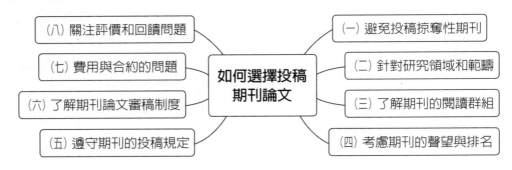

五　審查委員的意見如何回應

投稿期刊論文，除了遵守期刊對論文的規範之外，審查委員意見的修正，是影響期刊論文是否刊登的重要關鍵。在接到審查意見之後，論文作者應該考慮下列幾個要項：

(一) 冷靜且專業的分析

對於期刊論文審查意見，作者應該先詳細閱讀，冷靜地分析審查委員的評論，了解他們對於自己的論文提出的問題、建議和批評，作為論文修改的參考依據。

(二) 表達尊重與感謝之意

對於審查委員提出的修正意見，作者應該表達尊重與感謝之意，感謝審查委員提出的專業修改意見，並且強調自己會努力修正與改進自己的論文。有必要時，需要提出論文修正對照表（如案例 9-1）。

（三）回應評論並指出修正之處

　　論文審查意見收到之後，參酌修改意見進行修改，完成之後需要提出審查意見回應與修正之處，在回覆時明確有條理地回應每一條評論，指出作者對評論的理解，並且清楚地解釋修改與回應的每一個觀點。

（四）與指導教授討論修正情形

　　由於學位論文研究撰寫過程中，指導教授居於重要且關鍵的地位，因此投稿期刊論文時，需要和指導教授討論改寫的方法與要領，收到期刊審查意見時，也應該和指導教授討論修改的地方等。一來可以了解審查意見是否需要修改，其次也是對指導教授的一種尊重的行為表現。

（五）婉轉說明無法修正的原因

　　如果遇到審查意見無法修改時，研究者應該和指導教授討論，並且婉轉提出無法修正的主要原因。例如：審查委員要求更改統計結果，或者要求修正整個研究架構，這些已經違背學位論文原來的構想，論文作者就要考慮修改的可能性和無法修改的原因。

（六）維持專業的立場與態度

　　論文投稿之後，審查委員不管提出多少挑戰性的評論，研究者都應該要謹慎婉轉地回應，避免帶有情緒化的回應，將重點放在論文的內容與需要修改的事實上面。

(七) 修改回應需要掌握時效

論文作者在收到審查意見之後，應該要利用時間掌握時效，及時地修改回應，避免不必要的時間拖延，以展現研究者對於論文的重視，並且顯示自己對於論文修改的及時性和效率。

(八) 堅持學術研究的價值

學位論文改寫投稿學術期刊，不管遇到多麼嚴峻的挑戰，或者審查委員嚴格的要求，研究者本身都需要堅持學術研究的價值，應該秉持著嚴謹的態度、婉轉的立場，堅持學術研究的價值，避免因為一時的挫折，對學術研究失去信心。

圖 9-5
審查委員的意見如何回應

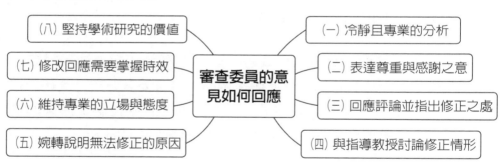

案例 9-1 提供論文投稿期刊之後，審查委員針對論文提出的修改意見。作者可以針對審查委員的審查意見，逐項提出研究者的回應與意見修改情形。

案例 9-1：論文投稿之後審查委員意見回應對照表

審查意見	修正對照	備註
1. 師資生培育階段也就是教師職前訓練階段，如何精進及提升師資生的教學設計與發展之專業知能，對師資培育研究領域來說是一項很重要的研究課題，尤其近年來教育部推動精進師資素質及教師專業發展等計畫，其目的即在於精進師資生具有課堂實踐及教學設計專業能力。本論文由教育系教授指導師資生「教學設計與發展」課程作為研究範疇，一方面引導研究者自身反思大學課堂之課程與教學實施，提出精進教學之改善策略；二方面則指導教育系師資生進行個別化教學模組並應用於偏鄉小學且探討其實施成效。整體來看，本研究主題具教學研究及實務應用價值，研究旨趣及問題意識清晰；此外，研究主題及目的對於師資培育領域之學術社群和教育實務具有重要的啟示性，值得肯定。	感謝審查委員肯定	
2. 論文摘要的最末段提到：「……研究者以 108 學年度第二學期的『教學設計與發展』課程，進行理論與實際結合的課程設計模式，在課堂教學中，嵌入『專家教師指導』、『師徒學習指導』、『理論與實務相互結合』、『教學設計產出型』等理念，作為師資培育課堂教學的實施基礎。」——感覺摘要沒有寫完，建議可以在摘要的最末段，具體寫出研究的重要發現或研究結論，至於研究歷程的文字在摘要裡可以精簡或省略不寫，會較佳。	配合修正	
3. 本論文所依據的重要理論之一，是 Shulman（1987）所提專業教師應具備 7 種專業知識（或指 7 項知識範疇），分別包含：內容知識、學科教育學知識、學習者的知識、一般教學法知識、課程知識、教育脈絡知識、教師群體的文化特徵的知識、教育價值知識等。建議在論文中第一次提到這些「專有名詞」（教育專用術語）時，應註明出英文。	配合修正	
4. 研究目的（五）針對大學課堂教學提出精進與改善建議。研究問題（五）大學課堂教學精進與改善建議為何？——因為研究目的（五）和研究問題（五），與研究目的（一）和研究問題（一）太過接近，建議稍加修改文字如下：研究目的（五）根據研究發現，提出大學師資培育學系在課堂教學的精進與改善建議。研究問題（五）根據研究發現，針對大學師資培育學系在課堂教學可以提出哪些精進與改善建議？研究結論能確實回應到研究目的和研究問題。	配合修正	

審查意見	修正對照	備註
5.研究方法採問卷調查法及學生個別晤談法，方法適切、研究工具可行，研究實施程序很合理。	感謝肯定	
6.中文的文獻資料只有引用林進材教授的學術專書及文章，建議再多補充幾筆其他學者的文獻，讓文獻可以多元一些會更佳。	配合修正	
7.部分內容可能存在遺漏字、贅字，建議自行詳加檢視，同時再次檢查文中是否有錯／漏字。	配合修正	
8.頁19，「本學期的教學設計與實施，感到相當的滿意，希望未來的課程可以比照此種模式進行。A020628」 ——「A020628」應是學生個別晤談的轉譯資料，建議在第三章（研究設計與實施）裡，補充說明晤談轉譯稿的編碼方式，例如 A 代表什麼？020628 這幾個數字又代表什麼？	配合修正	

六 AI 時代來臨對論文撰寫的建議

　　機器人 AI 時代的來臨，對於研究者的心智思考歷程、行為模式等，產生相當大的改變。當然，對於學術研究社群的科學研究，也產生相當大的影響。一般來說，學位論文研究與學術研究可以透過機器人的智慧簡化文獻資料梳理的手續，同時也可以快速整合國內外相關的研究，對於研究者來說可以節省相當多的時間。然而，在運用機器人協助進行各種研究時，研究者也應該在運用時掌握各種可能的協助和限制：

(一) 利用機器人快速找出研究方向

學位論文的研究，可以透過機器人幫忙搜尋國內外的研究發展情形，對於特定的研究主題，可以進行文獻探討與梳理。然而，在運用時特別要辨別搜尋的資料是否具有相當程度的正確性。

(二) 運用機器人但避免被窄化思維

機器人雖然可以快速搜尋資料，並且協助進行資料的梳理。然而，機器人的思維永遠無法取代人類的思維，因此在運用機器人時，一定要作為參考即可，避免過度依賴機器人，否則就會被機器人限制住自己的思維。

(三) 掌握機器人的可能性與有限性

機器人雖然對於學術研究具有正面積極之意義，同時可以節省相當多的時間。然而，機器人是由人類設計出來的，其學術思考能力與創造力永遠無法超越人類。從事學術研究時，要運用機器人的可能性，避免受限於機器人的有限性。

(四) 提供資訊的準確性

運用機器人幫忙蒐集文獻，雖然可以節省很多時間，達到快速、迅速的效果，然而，機器人提供的資訊無法確定其準確性如何，容易導致論文撰寫者的誤解和誤用。

（五）怎麼問怎麼答的邏輯問題

在撰寫學位論文時，巧妙地運用機器人，可以幫助研究者提升論文撰寫的品質，但是在運用機器人時，容易有一種邏輯分析上的問題，就是研究者怎麼問，機器人就會怎麼答的邏輯關係，如此，對於論文的主題擬定、方法運用、架構決定等，容易會有邏輯上的問題。例如：機器人提供的資料，在不同時刻就會有不同的答案，研究者無法判定哪一個答案是對的，哪一個答案是可以運用的，哪一個答案是需要調整的。

（六）專業領域知識的搜尋

學位論文的研究和撰寫是一種系統性、邏輯性的過程，機器人比較無法精準地在資料搜尋中，辨別資料的正確性和精準性，只能在網路上將相關的知識統合起來，無法辨別學科領域的專業知識。因此，可能提供的專業領域知識是屬於一種模糊的訊息系統，對於學位論文的撰寫容易導致抄襲、不當引用的現象。

圖 9-6

AI 時代來臨對論文撰寫的建議

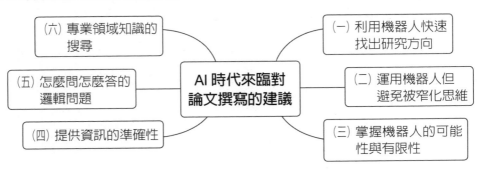

七　過來人的叮嚀與建議

　　學位論文與學術論文的撰寫研究，是一種專業、專門且具嚴謹邏輯的工作，需要研究者秉持著嚴謹的態度、客觀的立場才能完成具有相當學術貢獻的論文。在學術研究過程中，需要運用有效的方法論，採用妥善的方法蒐集資料，透過統計方法進行資料的分析解釋，進而提出合理且科學的解釋。在學位論文改寫成為學術論文時，研究者需要遵守下列幾個叮嚀：

(一) 學術論文沒有速成的方法

　　學術論文的撰寫，哪怕是學位論文改寫而成，也需要時間和經驗的累積，研究者不可以想要一步登天，透過速成的方式完成學術論文，需要依據學術論文撰寫的科學方法步驟，才能寫出一篇具有貢獻的學術論文。

(二) 運用正確的研究方法論

　　學術研究過程中，需要依據研究的方向性質，採用正確的方法論，才能透過繁瑣的研究設計與實施，蒐集現況資料並完成想要解決的問題，提出具體可行的結論與建議。

(三) 掌握每一個可以學習成長的機會

　　學術研究除了需要正確的方法論，隨時掌握可以學習與成長的機會，才會有助於自己的學術研究生涯。在研究所學習階段，除了對於經典理論的學習之外，也應該跟著學長姐的研究經驗成長，並且在指導教授的教誨之下，逐步完成學位論文。

(四) 隨時蒐集國內外重要的研究報告

學位論文研究過程中，需要針對研究關心的主題，隨時掌握國內外的研究發展，作爲後續研究的參考。儘量不要在熱鍋中吵冷飯，也不要在老話題中繞圈圈，隨時反思自己的研究主題將來會具有怎樣的學術貢獻，發展何種程度的影響力。

(五) 誠實面對自己的學術研究

每一位研究者要誠實面對自己的學術研究，會是一件相當困難的事，因爲在學術研究過程中，可能因爲各種內外在的因素，導致研究者束手無策，或者放棄之前的理想（或規劃）。究竟在眞實與謊言之中如何取得平衡關係，這是身爲研究者需要誠實面對的事。

(六) 不要怕改但要怕窄

學術中人有一句俗諺「學術論文不要怕改，但是要預防過窄。」主要的意思在於勉勵學術中人，在撰寫研究報告過程中不要怕論文一而再、再而三的修改，但應該要避免論文的貢獻過度窄化。因此，學術論文研究者應該儘量將自己的論文做最忠實、最精實的修改，以提升論文學術的貢獻度與影響力。

圖 9-7
過來人的叮嚀與建議

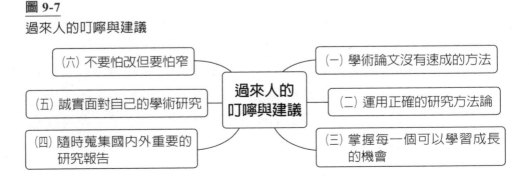

參考文獻

王文科、王智弘（2022）。教育研究法。臺北：五南。

李惠萍（2023）。臺南市國小二年級班級常規管理策略運用成效之行動研究〔未出版之碩士論文〕。國立臺南大學教育學系課程與教學研究所，臺南市。

汪詩鈺（2019）。國小課後照顧班教師班級經營策略之個案研究——以詩詩國小為例〔未出版之碩士論文〕。國立臺北教育大學，臺北市。

李世賢（2024）。偏鄉學校國小校長學校領導模式與檢證之經驗敘說研究〔未出版之博士論文〕。國立臺南大學教育學系教育行政研究所，臺南市。

杜采（2021）。國小低年級英語教師班級經營策略運用之行動研究〔未出版之碩士論文〕。國立臺南大學教育學系課程與教學研究所，臺南市。

呂坤岳（2024）。國小教師教學信念、教學實踐、教學效能及相關因素之研究〔未出版之博士論文〕。國立臺南大學教育學系課程與教學研究所，臺南市。

吳采燕（2005）。托兒所啟動本位課程改革之行動研究——一個所長的築夢記〔碩士論文〕。國立新竹教育大學幼兒教育研究所，新竹市。

林進材（2018）。寫一篇精彩的學位論文。臺北：五南。

林湘怡（2007）。一位優良幼教師的專業成長故事〔碩士論文〕。朝陽科技大學幼兒保育系碩士班，臺中市。

林囷涵（2024）。疫情期間越南國民中學實施遠距教學與自主學習之經驗敘說研究〔未出版之碩士論文〕。國立臺南大學教育學系課程與教學研究所，臺南市。

林芯仔（2007）。一位優質幼教師的專業成長歷程〔碩士論文〕。朝陽科技大學幼兒保育系碩士班，臺中市。

林香河（2019）。中國大陸班主任培育課程內容分析〔未出版之博士論文〕。國立高雄師範大學教育研究所，高雄市。

林珮婕（2022）。共同學習法融入國小一年級數學領域教學對學生學習動機與學習成效之行動研究〔未出版之碩士論文〕。國立臺南大學教育學系課程與教學研究所，臺南市。

周仔秋（2022）。偏鄉學校國民小學中年級班級經營之經驗敘說研究〔未出版之碩士論文〕。國立臺南大學教育學系教育行政研究所，臺南市。

徐錦雲（2016）。一位優質幼教人之專業省思〔碩士論文〕。國立新竹教育大學幼兒教育學系碩士班，新竹市。

侯玉婷（2022）。一位優質幼教師課程轉型之研究：在現實中實踐理想的歷程〔未

出版之碩士論文〕。國立臺南大學幼兒教育學系，臺南市。

黃彥鈞（2022）。實驗小學校長課程領導模式建立與驗證之經驗敘說研究〔未出版之博士論文〕。國立臺南大學教育學系課程與教學研究所，臺南市。

陳美君（2011）。踩動踏板的力量——幼兒園園長在課程轉型歷程中施行激勵策略之探究〔碩士論文〕。國立新竹教育大學幼兒教育學系碩士班，新竹市。

陳冠蓉（2021）。自我調整學習策略對國小六年級學童英語科學習態度與學習成效之行動研究〔未出版之碩士論文〕。國立臺南大學教育學系課程與教學研究所，臺南市。

陳霓慧（2006）八位學生數學教師教學認知和情意面互動的個案研究〔未出版之碩士論文〕。國立臺灣師範大學數學系，臺北市。

陳忠明（2022）。新北市國民中學校長教學領導、教師教學效能與學生學習成效關係之研究〔未出版之博士論文〕。國立臺北教育大學教育經營與管理學系研究所，臺北市。

陳添丁（2018）。國民小學校長學習領導、學校組織學習與教師教學效能關係之研究〔未出版之博士論文〕，國立政治大學教育學系研究所，臺北市。

梁鎮菊（2022）。國中學生課後自決學習模組及相關因素：模式建立與驗證〔未出版之博士論文〕。國立臺南大學教育學系教育行政管理研究所，臺南市。

翁岱稜（2021）。臺南市國小高年級學生數學學習策略、學習成就及相關因素之研究〔未出版之碩士論文〕。國立臺南大學教育學系課程與教學研究所，臺南市。

連舜華（2022）。提升國小學生閱讀理解能力教學設計與實施成效之研究〔未出版之博士論文〕。國立臺南大學教育學系課程與教學研究所，臺南市。

許筑雅（2018）。幼兒園教師進行課程轉型之行動研究——以小樹班實施主題課程為例〔碩士論文〕。國立清華大學幼兒教育學系，新竹市。

廖松圳（2024）。實驗小學校長學校領導模式建立與檢證之個案研究〔未出版之博士論文〕。國立臺南大學教育學系教育行政管理研究所，臺南市。

楊雅妃（2012）。偏鄉小學教師文化樣貌之研究——新北市一所偏鄉學校個案〔碩士論文〕。國立臺灣師範大學教育學系，臺北市。

賈馥茗、楊深坑（1993）。教育學方法論。臺北：五南。

蔡淳宇（2020）。應用合作學習策略精進國中理化實驗課程〔未出版之碩士論文〕。國立交通大學，新竹市。

鍾沛涵（2021）。國小學童知覺教師正向領導與學生學習表現關係——自我效能、自我調節的中介效果與感恩特質的調節效果〔未出版之博士論文〕。國立臺南大學教育學系教育經營與管理，臺南市。

附錄：APA 格式第七版
參考文獻（reference）規範

Version 1

一、不同參考文獻類型之範例

（一）定期刊物（**Periodicals**）

1. 期刊文章

Cole, T. W., Han, M.-J., Weathers, W. F., & Joyner, E. (2013). Library marc records into linked open data: Challenges and opportunities. *Journal of Library Metadata*, *13*(2-3), 163-196. https://doi.org/10.1080/19386389.2013.826074

Deliot, C. (2014). Publishing the British National Bibliography as linked open data. *Catalogue & Index*, *174*, 13-18. http://www.bl.uk/bibliographic/pdfs/publishing_bnb_as_lod.pdf

Melero, R., & Navarro-Molina, C. (in press). Researchers' attitudes and perceptions towards data sharing and data reuse in the field of food science and technology. *Learned Publishing*. https://doi.org/10.1002/leap.1287

林菁（2018）。國小探究式資訊素養融入課程之研究：理論與實踐。教育資料與圖書館學，*55*(2)，103-137。https://doi.org/10.6120/JoEMLS.201807_55(2).0004.RS.CM

陳亞寧、溫達茂（出版中）。MARC21 鏈結資料化的轉變與應用。教育資料與圖書館學。http://joemls.dils.tku.edu.tw/fulltext/57/57-1/Ya-Ning%20Chen.pdf

2. 雜誌文章

Milliot, J. (2020, February 17). Publishers, printers meet to talk shop. *Publishers Weekly*, *267*(7), 10.

Rothfeld, B. (2020, February-March). The joy of text: James Wood's inspired reading. *Bookforum*. https://www.bustle.com/p/10-magazines-every-book-lover-should-subscribe-to-i n-the-new-year-26199

邱炯友（2019 年 3 月）。大學出版社與大學圖書館之開放取用（Open Access）政策合作與分享。臺灣出版與閱讀，*5*，4-7。http://isbn.ncl.edu.tw/FCKEDITOR_UploadFiles/1558422113.pdf

簡伊玲、趙啟麟、陳怡慈、陳夏民、吳令葳、王家軒（2019 年 5 月 1 日）。我想重編一本書……。文訊，*403*，32-33。

3. 新聞報紙

MacDonald, S. (2020, January 16). Ex-Ibrox chief's huge library heads to home of golf. *The Times*, 18.

Taiwan News. (2019, June 12). Publishers hold seminar on public lending rights. *Taiwan News*. https://www.taiwannews.com.tw/en/news/3722431

何定照（2019 年 4 月 9 日）。出版免營業稅案 文化部：正面發展。聯合報，A6 版。

吳佩樺（2020 年 2 月 17 日）。疫情延燒帶動電子書閱讀器熱度提升 入手採購必知。自由時報。https://ent.ltn.com.tw/news/breakingnews/3071117

（二）圖書、圖書章節（**Books and Book Chapters**）

1. 紙本圖書

Manguel, A. (2009). *The library at night.* Yale University Press.

邱炯友、林瑞慧（2014）。學術期刊羅馬化：*APA*、*Chicago*（*Turabian*）與羅馬化引文格式規範。淡江大學出版中心。

2. 特定版本／版次

Bordwell, D., & Thompson, K. (2013). *Film art: An introduction* (10th ed., International ed.). McGraw-Hill Education.

Cohen, L., Manion, L., & Morrison, K. (2007). *Research methods in education* (6th ed.). Routledge.

Foster, T. C. (2017). *How to read literature like a professor: A lively and entertaining guide to reading between the lines* (Rev. ed.). HarperCollins Publishers.

林東泰（2008）。大眾傳播理論（增訂三版）。師大書苑。

王震武、林文瑛、林烘煜、張郁雯、陳學志（2004）。心理學（修訂版）。學富文化。

3. 多家出版社共同出版

Harvey, S., & Goudvis, A. (2007). *Strategies that work: Teaching comprehension for understanding and engagement* (2nd ed.). Stenhouse Publishers; Pembroke Publishers.

文藻外語學院·圖書館團隊（2009）。圖書館服務英文。文藻外語學院；Airiti

Press。

4. 翻譯作品

Bourdieu, P. (1990). *Homo academicus* (P. Collier, Trans.). Stanford University Press. (Original work published 1968)

Šteger, A. (2010). *The book of things* (B. Henry, Trans.). BOA Editions. (Original work published 2005)

Luey, B.（2013）。學術寫作與出版：從期刊文章、專書、教科書到大眾書（陳玉萃譯）。群學。（原著出版於 2009 年）

Turabian, K. L.（2015）。*Chicago* 論文寫作格式：*Turabian* 手冊（邱炯友、林雯瑤審譯）。書林。（原著出版於 2013 年）

5. 多人著作之單一篇章

Villazón-Terrazas, Vilches-Blázquez, L. M., Corcho, O., & Gómez-Pérez. (2011). Methodological guidelines for publishing government linked data. In D. Wood (Ed.), *Linking government data* (pp. 27-49). Springer. https://doi.org/10.1007/978-1-4614-1767-5_2

邱子恒（2017）。電子及網路資源描述與詮釋資料概論。在張慧銖（主編），資訊組織（頁 173-200）。Airiti Press。

(三) 研究報告（**Reports**）

Johnson, R., Watkinson, A., & Mabe, M. (2018, October). *The STM report: An overview of scientific and scholarly publishing* (5th ed.). International Association of Scientific, Technical and Medical Publishers.

Organisation for Economic Co-Operation and Development. (2020), *Strengthening the governance of skills systems: Lessons from six OECD countries*. OECD Publishing. https://doi.org/10.1787/3a4bb6ea-en

林雯瑤（2018 年 1 月 31 日）。學術傳播速度與學術期刊創新機制之關聯性研究（MOST 105-2410-H-032-058）。淡江大學資訊與圖書館學系。

邱炯友、林俊宏（2016 年 11 月）。圖書定價銷售制度對出版產業影響評估研究：期末報告。文化部；國立政治大學圖書資訊與檔案學研究所。

國家圖書館（2019）。國家圖書館海外展覽之策劃與實踐探討：以泰國、馬來西亞兩檔展覽為例（NCL-108-003）。https://nclfile.ncl.edu.tw/files/202002/a46797ca-cb7f-4ed8-aac7-0d4d72aff350.p df

(四) 專題研討會及演講（**Conference Sessions and Presentations**）

Poff, D. C. (2019, May 4-7). *Diversity/inclusion in research and publication ethics* [Conference presentation]. 2019 CSE Annual Meeting, Columbus, OH, United States. http://druwt19tzv6d76es3lg0qdo7-wpengine.netdna-ssl.com/wp-content/uploads/1.2DeborahPoff.pdf

Giles, E., & Meyers, J. (2019, June 20-25). *Beyond information: Showing wider roles public libraries can play in the fight against HIV/AIDS in Africa* [Poster presentation]. Washington, DC, United States. https://www.eventscribe.com/2019/ALA-Annual/fsPopup.asp?Mode=posterinfo&PosterID=208955

Wipawin, N., Wongkaew, C., & Sarawanawong, J. (2018, August 24-30). *Should OA journals be sealed?: Case of journals in Thai-Journal Citation Index* [Paper presentation]. World Library and Information Congress: 84th IFLA General Conference and Assembly, Kuala Lumpur, Malaysian. http://library.ifla.org/2192/1/163-chan-en.pdf

洪振洲、安東平、馬德偉、張伯雍、林靜慧（2018 年 12 月 18-21 日）。中古佛教寫本資料庫數位編碼〔海報發表〕。2018 第九屆數位典藏與數位人文國際研討會，新北市，臺灣。

陳夏民、鄭聿（2019 年 2 月 12-17 日）。出版新型態與獨立書店的未來想像〔專題演講〕。2019 台北國際書展，臺北市，臺灣。

溫達茂（2015 年 12 月 26 日）。圖資開放鏈結系統與應用初探。在黃鴻珠（主持），*Session I 圖資系統的應用發展*〔研討會演講〕。圖書資訊學的傳承與創新：教資 / 資圖 45 週年系慶學術研討會，新北市，臺灣。

(五) 博碩士論文（**Doctoral Dissertations and Master's Theses**）

Abdoh, E. (2019). *Implications of social networks on medication information-Seeking among middle eastern international students: An exploratory Study* [Unpublished doctoral dissertation]. University of South Carolina. https://scholarcommons.sc.edu/cgi/viewcontent.cgi?article=6546&context=etd

Paige, B. E. (2017). *Open data portals in northern New England states* [Unpublished master's thesis]. University of British Columbia. https//dor.org/10.14288/1.0355232

林瑞慧（2014）。台灣學術期刊引用文獻羅馬化現況研究：以 *TSSCI、THCI Core、A&HCI、SSCI 及 Scopus* 收錄期刊為例〔未出版之碩士論文〕。淡江大

學資訊與圖書館學系。

張衍（2016）。*海峽兩岸檔案學教育之沿革與發展研究*〔未出版之博士論文〕。國立政治大學圖書資訊與檔案學研究所。

㈥ **網路相關資源**（**Websites and Other Online Communities**）

Crotty, D. (2020, March 6). *Ritual, process, and social interaction: The world's oldest surviving video rental store*. The Scholarly Kitchen. https://scholarlykitchen.sspnet.org/2020/03/06/ritual-process-and-social-interaction-the-worlds-oldest-surviving-video-rental-store/

洪文琪、陳明俐、紀凱齡、劉瑄儀、莊裕澤（2019 年 6 月 20 日）。*如何避開掠奪性期刊及研討會的陷阱*。Research Portal 科技政策觀點。https://doi.org/10.6916/STPIRP.2019-06-20

二、常見引用格式彙整

表1

內文引用呈現方式

作者人數	內文引用列出人數	範例
1至2人	列出全部作者	張淳淳 (2008)、吳秋燕與林奇秀 (2016)、Lin (2020)、Griffiths 與 King (1986) (邱炯友、李韻玫、2019；Chen & Chen, 2019)
3人以上	只列出第一位，其他作者以 "et al." 或「等」呈現	林菁等 (2016)、Marshall 等 (2010) (蔡娉婷等，2019；Chen et al., 2017)
團體或機構/作者 (無簡稱)	列出團體或機構作者之全稱	國家圖書館 (2016)、Linked Data for Production (2017) (教育部，2013；University of Chicago Press，2018)
團體或機構/作者 (有簡稱)	第一次引用列全稱，並用方括號帶出簡稱，後續引用則列簡稱即可	第一次引用： American Library Association ([ALA], 2019)、有限責任台灣友善書業供給合作社（[友善書業合作社], 2014) (科技部人文社會科學研究中心〔人社中心〕，2020；Association of College & Research Libraries [ACRL], 2019) 第二次引用： 人社中心 (2020)、ACRL (2019) (友善書業合作社，2014；ALA, 2019)

表 2
文後參考文獻作者呈現方式

作者人數	內文引用列出人數	範例
1 至 20 人	列出全部作者	王震武、林文瑛、林烘煜、張郁雯、陳學志（2004）。 Dunphy, L. M., Winland-Brown, J. E., Porter, B. O., & Thomas, D. J. (2019).
21 人以上	只列出前 19 位作者及最後一位作者，其他作者以省略號取代呈現	胡月娟、李和惠、林麗秋、黃玉琪、吳碧雲、蕭思美、楊婉萍、林貴滿、林靜琪、許譯瑛、杜玲、陳秀勤、劉清華、郭淑芬、李崇仁、蔡麗絲、張珠玲、羅夢怜、李瓊淑、⋯⋯柯薰貴（2015）。 Aad, G., Abbott, B., Abdallah, J., Abdinov, O., Aben, R., Abolins, M., AbouZeid, S., Abramowicz, H., Abreu, H., Abreu, R., Abulaiti, Y., Acharya, B. S., Adamczyk, L., Adams, D. L., Adelman, J., Adomeit, S., Adye, T., Affolder, A. A., Agatonovic-Jovin, T., ..., Woods, N. (2015).
團體或機構作者	僅列全稱，不可將簡稱列出	有限責任台灣友善書業供給合作社（2014）。 國家圖書館（2016）。 American Library Association. (2019). Network Development and MARC Standards Office. (2006).

國家圖書館出版品預行編目(CIP)資料

學位論文撰寫方法論／林進材著.--初版.--臺
　北市：五南圖書出版股份有限公司, 2024.06
　面；　公分
　ISBN 978-626-393-325-5(平裝)

1.CST: 論文寫作法

811.4　　　　　　　　　113006107

1H3Q

學位論文撰寫方法論

作　　者 ─ 林進材

發 行 人 ─ 楊榮川

總 經 理 ─ 楊士清

總 編 輯 ─ 楊秀麗

副總編輯 ─ 黃文瓊

責任編輯 ─ 黃淑真、李敏華

封面設計 ─ 封怡彤

出 版 者 ─ 五南圖書出版股份有限公司

地　　址：106臺北市大安區和平東路二段339號4樓

電　　話：(02)2705-5066　　傳　　真：(02)2706-6100

網　　址：https://www.wunan.com.tw

電子郵件：wunan@wunan.com.tw

劃撥帳號：01068953

戶　　名：五南圖書出版股份有限公司

法律顧問　林勝安律師

出版日期　2024年6月初版一刷

定　　價　新臺幣400元

經典永恆・名著常在

五十週年的獻禮──經典名著文庫

五南，五十年了，半個世紀，人生旅程的一大半，走過來了。
思索著，邁向百年的未來歷程，能為知識界、文化學術界作些什麼？
在速食文化的生態下，有什麼值得讓人雋永品味的？

歷代經典・當今名著，經過時間的洗禮，千錘百鍊，流傳至今，光芒耀人；
不僅使我們能領悟前人的智慧，同時也增深加廣我們思考的深度與視野。
我們決心投入巨資，有計畫的系統梳選，成立「經典名著文庫」，
希望收入古今中外思想性的、充滿睿智與獨見的經典、名著。
這是一項理想性的、永續性的巨大出版工程。
不在意讀者的眾寡，只考慮它的學術價值，力求完整展現先哲思想的軌跡；
為知識界開啟一片智慧之窗，營造一座百花綻放的世界文明公園，
任君遨遊、取菁吸蜜、嘉惠學子！